KB170912

술 마시고 스텝업

술 마시고 스텟업 3권

초판1쇄 펴냄 | 2018년 06월 22일

지은이 | 홍우진
발행인 | 성열관

펴낸곳 | 어울림 출판사
출판등록 / 2009년 1월 23일 제313-2009-12호
주소 / 경기도 고양시 일산동구 장항동 731 동하넥서스빌딩 307호
TEL / 031-919-0122
FAX / 031-919-0127
E-mail / 5ullim@hanmail.net

Copyright ⓒ2018 홍우진
값 8,000원

ISBN 978-89-992-4828-3 (04810)
ISBN 978-89-992-4824-5 (SET)

DULIM MODERN FANTASY

술 마시고 스텝업

③

홍우진 현대판타지 장편소설

어울림

목차

몬스터 도감

우주의 눈이 빛나기 시작하면서 신수아에 대한 정보가 훤히 보이기 시작했다. '스캔'의 능력이었다.

[신수아]
LV : 18
나이 : 22세
직업 : 초이스(궁수)
칭호 : 그리핀 슬레이어.
체력 : 700 / 700   정신력 : 700 / 700
힘 : 10   민첩 : 20

지능 : 10   행운 : 10
스텟 포인트 : 15
※추가 스텟은 추후 개방 가능합니다.

칭호란에 그리핀 슬레이어라는 타이틀이 있는것을 보니 마지막 타격을 날린 신수아가 칭호를 갖게 된 듯했다.

스텟에 속성이 없는것을 보고 우주는 아직 속성 스텟이 개방이 되지 않았다는 것을 알았다.

그 역시 아직 속성이라는 스텟을 개방하지 못했다. 개방 조건이 따로 있는것 같은데, 알 수가 없었다.

어쨌든 지금은 신수아에게 내단의 힘을 온전하게 전해주는 것이 급선무였다.

우주는 신수아를 연공실 중앙에 앉혔다.

"자, 이제 내단을 입에 넣고 내가 이끄는 대로 기를 움직인다고 생각해."

그리핀의 내단을 입으로 가져가는 신수아를 보면서 우주는 신수아의 등에 손을 올렸다.

신수아가 그리핀의 내단을 삼켰다. 내단은 입에 들어가자마자 녹듯이 사라졌다.

신수아의 체내로 들어간 그리핀의 내단은 온화하고도 거칠게 신수아의 내부를 돌아다녔다.

우주는 그 기운을 잡아두지 않고 조금 더 많이 돌아다닐

수 있도록 유도했다.

바람은 자유로웠다. 억압하지 않고 천천히 신수아의 기운이 모여 있는 곳으로 내단의 기운을 안내했다.

그렇게 신수아의 몸 곳곳을 돌아다니던 내단의 기운이 신수아의 기운과 어느 순간 하나로 합쳐졌다.

"아!"

신수아가 신음을 뱉어내자 우주가 재빠르게 내공을 유입시켜서 기운이 빠져나가는 것을 막았다.

잠시 후, 신수아가 혼절한 것을 깨닫고는 우주가 중얼거렸다.

"다행히 고비는 넘겼군. 덕분에 내공의 크기가 엄청나게 증가했어. 이건 솔직히 기연이라 할 수 있겠는걸."

쓰러진 신수아를 안아들고 우주가 연공실을 나섰다.

* * *

"정말 대단했어……."

분명 자신이 찾던 사람이었다. 대통령과 계약함으로써 부를 손에 넣었지만 아직 자신은 부족했다.

반면 그리핀을 상대하던 초이스는 엄청 강했다.

염력으로 상대할 수 있을지 생각을 해봤지만 무리였다.

아니, 그전에 벌써부터 초이스를 아홉명이나 모았을 줄

은 몰랐다. 대통령도 전국 단위로 수소문을 하고 있었지만 이제까지 모은 인원은 세 명이 전부였다.

티비를 켜니 UN그룹의 초이스에 대한 뉴스가 모든 채널에서 방송되고 있었다.

확실히 그리핀을 잡은 효과는 컸다.

"하긴 그거보다 UN그룹의 회장의 발언이 더 이슈가 된 거겠지."

일반인도 초이스가 될 수 있다는 UN그룹 회장, 박우주의 발언에 지금 언론은 난리도 아니었다.

UN그룹에 전화가 불통이 될 정도로 사람들이 전화를 걸고 있다는 소식도 방송되었다.

"확실히 초이스가 되는 조건은 몬스터를 사냥하는 것."

마지막 타격을 날리기만 해도 초이스가 될 수 있었다.

누군가 옆에서 사냥을 보조해준다면 누구나 쉽게 초이스가 될 수 있었다. 게임용어 중 하나인 '쩔'이라는 개념이 현실에서도 통용이 된 것이다.

"막대한 수익을 벌어들일 수 있겠지."

일반인이 초이스가 되고 싶어 하는 것은 현 세상에서 당연한 이치였다. 영웅심리랄까. 초이스가 되면 따로 직업을 가질 필요도 없었다.

몬스터를 사냥해서 나오는 물품을 파는 것만으로도 지금 세상에서 돈을 벌 수 있었다.

그렇다면 굳이 되지도 않는 취업시장에 뛰어들 필요도 없었다. 초이스가 되어서 직접 몬스터를 잡아서 돈도 벌 수 있다면 이 얼마나 꿈꿔왔던 일상이란 말인가.

가상현실게임이 아직 나오지 않은 세상이었다. 그런데 가상현실에 나올 법한 몬스터들이 현실에 등장했다.

사람들은 자신이 가질 수 없는것을 가지고 싶어 하는 욕망이 있다.

초이스는 그러한 욕망을 해결할 수 있는 방법이었다.

"지금 나만 봐도 알 수 있지."

평범했던 자신이 초이스가 되고 염력이라는 능력을 얻게 되면서 부를 얻을 수 있었다.

물론 그 대가로 대통령의 명령을 수행해야만 했다.

"어떻게 저렇게 강할 수 있지?"

얼마 전까지만 해도 세상을 다 가진 기분이었다.

하지만 우주와 그리핀의 싸움을 본 이후에는 뒤쳐지고 있는것 같은 기분이 들었다.

사람들이 UN그룹에 열광하는 것이 어렴풋이 이해가 되었다.

지이잉—

시우가 UN그룹에 대해서 생각하고 있을 때 시우의 휴대폰이 진동했다.

"네."

"지시사항이 내려왔습니다."

전화기 너머로 묵직한 저음의 목소리가 들려왔다. 대통령의 비서였다. 시우는 지시사항이라는 말에 되물었다.

"무엇인가요?"

"UN그룹에 침투하세요. 잠입해서 UN그룹이 어떻게 초이스를 그렇게 양성했는지 알아내세요."

"네. 알겠습니다."

전화가 끊어졌다. 지령이 내려왔다. 목표는 UN그룹의 잠입이었다. 염력 초이스, 류시우의 행보가 정해졌다.

*   *   *

적설진은 마켓에서 보았던 청년을 떠올렸다.

"그때, 그 사람이……."

마켓에 들어가려고 대기를 꽤 했기에 기억에 남아 있었다. 레벨이 그렇게 높아 보이지는 않는데 그리핀을 상대하며 사용하는 기술을 보니, 최소 자신과 동급 아니면 그 이상이었다.

"거기다 그뒤에 있던 나머지 둘……."

무당파와 남궁세가의 검술을 사용하고 있었다.

중국에서부터 넘어와 무공을 사용하는 초이스가 많다고 들었는데 이렇게 전 세계적으로 모습을 드러낼 줄이야.

"저렇게 공개적으로 나서면 위험할 텐데……."

중국 중원 무림의 관리자들이 무공을 드러내는 그들을 분명 아니꼽게 생각할 것이다.

아무리 초이스가 되었다고 해도 매도당할 수 있었다.

"뭐, 내가 상관할 바는 아니지만."

적설진. 그도 초이스긴 했지만 일반적인 초이스와는 궤를 달리했다. 그의 직업은 탐색가였다.

초이스에 관해서 조사를 하고 왜 몬스터들이 등장하는지를 밝혀내는 것이 그의 목적이었다.

그도 중국 출신이었다. 무공을 배웠고 그로 인해 초이스가 되기가 수월했다.

다른 사람들은 모르겠지만 일반인일 때, 레벨이 높은 경우, 초이스가 되면서 그 레벨이 그대로 전승된다.

그말은 무공을 익힌 자일 수록 초이스가 되면서 더 강해질 수 있다는 말이었다. 이걸 노리고 무공을 익힌 사람들도 전향을 하기 시작했다.

각지에 출현한 몬스터를 잡은 초이스가 생기면서 중국에서도 많은 인원이 초이스를 갈망하게 되었다.

이런 상황에 UN그룹이 그리핀을 잡고 초이스를 양성한다고 선언한 것이다.

"분명, 중국계 무인들도 UN그룹에 들어가려고 하겠지."

앞으로 UN그룹이 어떻게 태도를 취하느냐에 따라서 초이스의 세계는 급변할 것이다.

적설진은 UN그룹을 주시해야겠다고 생각했다. 탐색가인 그의 직업 특성상, 초이스의 판도를 좌지우지할 UN그룹은 관찰 대상이었다.

＊　＊　＊

"이게 무슨 일인지……."

"진짜 미쳐버리겠네요."

설마 이 정도로 파급효과가 클 줄은 생각도 못했다.

최악이던 UN그룹의 주가가 한국 기업 중 최고의 가격으로 치솟았다. DA컴퍼니에서 UN그룹으로 손민수가 같이 데리고 들어온 직원들은 사흘 밤낮을 새면서 야근을 했다.

도저히 일이 끊이지가 않았다.

먼저 전화업무, UN그룹에 들어오고 싶어 하는 일반인들과 초이스들의 전화를 일일이 받아야 했고 장난전화도 분류해야만 했다. 그리고 초이스와 일반인을 관리했다.

수익은 장난이 아니었다. 각종 방송사, 광고회사에서 UN그룹의 초이스 9명을 영상에 내보내고 싶어 했다.

초상권 관련해서 UN그룹 측에서는 가만히 있어도 돈이 들어오는 구조가 만들어졌다. 하루에 수십억원을 벌어들

인 UN그룹은 직원부터 뽑기 시작했다.

창우와 손민수의 업무 분담을 했다. 창우가 초이스를 전문적으로 관리하기로 했고 손민수가 일반인들을 뽑아서 일을 시켰다. 돈은 차고 넘쳐났다.

하루 동안 휴식을 취했던 다섯직원도 동원했다.

그들은 새로 들어오는 신입들을 팀으로 받아서 관리했다. 일종의 교관이 된 것이다. 이렇게 점점 UN그룹은 초이스 양성 기업으로 탈바꿈하고 있었다.

물론 그 와중에 기주를 유통하는 것 역시 계속해서 진행되었다.

UN그룹은 광고를 통해 기주도 홍보하기 시작했다.

"와, 장난 아닌데?"

"회장님도 한손 거들어 주시죠?"

이렇게 바쁜데 회장이라는 우주는 코빼기도 보이지 않다가 오랜만에 모습을 드러냈다.

창우는 우주가 온것을 보고 한손을 거들어 달라고 말했지만 우주는 일할 생각이 없었다.

"미안하지만 나도 내 일이라는 것이 있어서 말이야. 그나저나 너희, 보상은 열어봤니?"

"…보상을 확인할 시간조차 없이 일하고 있는것 안 보이십니까?"

"하하… 미안, 미안."

우주도 나름 할 일이 많았다. 다시 타워도 들러야 했고 초이스들을 양성하기 위한 준비는 우주가 도맡고 있는 것이나 마찬가지였다.

창우가 최소한의 상황은 보고를 하고 있었기 때문이다.

"민수도 마찬가지겠네."

"그렇죠. 뭐가 나오셨습니까? 회장님은?"

"스킬 나왔어."

스킬이 나왔다는 말에 잠시 하던 일을 멈추고 창우가 우주를 돌아봤다.

"역시 될 사람은 뭘 해도 되는 가보군요."

창우의 말에 우주가 머쓱하게 웃었다.

다시 창우가 일을 시작하자 우주는 주변을 돌아보았다.

이미 돌아가는 상황은 창우를 통해서 보고 받았다. 돈을 엄청 벌었다는 사실도 들었다.

생각했던 바가 현실로 이루어지고 있는것은 좋은 일이다. 그렇지만 막상 현실이 되니, 다음에는 어떻게 그룹을 키워야 할지 감이 잡히지 않았다.

그래서 일단은 창우와 손민수한테 맡겨 놓은 것이다. 타워도 가서 볼것도 있고 스텟도 정리할 필요가 있었다.

이제 시작단계였다. 전문화 시키려면 정확한 지침이 필요했다. 그것을 짜는것이 우주의 일이었다.

"쩝, 그래. 시간 있을 때 보상 한번 개봉해보고, 그럼 고

생해.”

“네. 알겠습니다.”

지예천은 티비에서 주구장창 방송되고 있는 우주와 권창우, 남궁민을 보면서 입을 다물지 못했다.

권창우와 남궁민은 역시 스케일이 달랐다. 무공에도 급이 있다는 것을 여실히 보여주는 장면이었다.

“그런데 저렇게 공개적으로 무공을 사용해도 괜찮은 건가?”

지예천은 중국무림협회에서 가만히 있지 않을 거라고 생각했다. 하지만 지금은 남을 걱정 할 때가 아니다.

“어떻게 된 거예요! 오빠가 왜 저기서 저런 괴물하고 싸우고 있는 건가요?!”

“지예천군, 저게 진짜 사실인가?”

“얘기 좀 하세.”

우주네 파티가 그리핀과 싸운 영상이 전 세계에 퍼졌다. 당연히 우주의 부모님과 동생도 영상을 보게 되었다.

초이스에 대해서는 알았지만 자신의 아들이, 오빠가 초이스일 것이라고는 상상도 못했다.

지예천은 우주네 가족한테 추궁을 당하고 있었다.

본인이 와서 해명을 해야 되는데 전화도 받지 않고 있으니, 모든것은 지예천이 감수해야만 하는 상황이었다.

지예천은 그럴듯한 핑계를 생각하다가 그냥 솔직하게 말하기로 했다.

"UN 그룹의 회장님이신 우주님께서는 초이스가 맞으세요. 티비를 도배하고 있는 영상의 주인공이기도 합니다. 속여서 죄송합니다."

"크흠."

"이럴 수가……!"

"뭐야… 그럼 오빠도 초이스예요?"

박준우와 이주영이 신음을 뱉어냈고 아영이가 지예천한테 질문을 던졌다.

이미 영상까지 퍼진 마당에 숨겨봤자 득이 될것은 하나도 없었다.

"응, 맞아. 나도 초이스야."

"헐."

그제야 운전기사로 우주가 지예천을 붙여놓은 이유를 짐작한 우주의 부모님은 아들을 떠올렸다.

얼마 전까지만 해도 회사에 취직했다며 좋아하던 아들이 어느새 한 그룹의 회장이 되었다.

또한 괴물과 싸울 정도로 비정상적으로 변했다.

물론 현실에 몬스터라는 괴물이 나타난 것 자체가 비정상적이었지만, 막상 가족이 그런 일에 연관되어 있다는 사실에 충격을 받았다.

"머, 멋져! 오빠. 나도 초이스로 만들어 줘."

지예천의 대답에 아영이가 소리쳤다. 아영이의 발언에 박준우와 이주영이 그녀를 돌아보았다.

초이스가 어떤 존재이던가. 괴물과 싸우는 히어로 아닌가. 그런 인식을 가지고 있는 우주의 부모님은 하나 남은 딸까지 위험에 빠지게 하고 싶지는 않았다.

"아영아. 안 된다!!"

"왜?! 오빠도 초이스잖아? 그리고 오빠네 회사에서는 일반인도 초이스가 될 수 있다고 하던걸?"

사실이었다.

지예천 역시 우주가 초이스로 만든 것이나 마찬가지였다. 우주가 마음만 먹는다면 가족들을 모두 초이스화 시킬 수도 있을 것이다.

"그건 오빠한테 물어보려무나."

지예천은 지금까지 너무 초이스의 장점에 대해서만 부각되고 있다는 것을 깨달았다. 초이스의 위험성에 대해서는 전혀 부각이 되지 않았다. 초이스가 되면 삶 자체가 바뀌게 된다.

살아남기 위해서 강해질 수밖에 없는 삶을 살아가야 하는 것이다.

"그래? 그럼 오빠한테 전화하지 뭐."

지예천은 점점 더 골치가 아파오는 것을 느꼈다.

＊ ＊ ＊

중국무림협회. 남궁세가지부.

"허허. 남궁민이 무공을 남용하고 다닌다는 소리가 들리던데요. 어떻게 된 것입니까?"

중국무림협회의 회장, 남궁벽은 시종일관 웃는 표정으로 남궁민에 대해서 말을 꺼냈다.

"전부 자식 교육을 못해서 그렇다고 소문이 파다하더군요. 분명 남궁민은 한국으로 여행을 떠난다고 했습니다. 그런데 대체 왜 전 세계에 방송되는 영상에서 창궁무애검법을 사용하고 있는 것입니까! 물론, 그 성취는 훌륭하다만 우리 협회 지침에 어긋나지 않습니까?"

열변을 토해내는 남궁벽의 앞에는 남궁세가의 식솔들이 고개를 숙이고 있었다.

"거기다 저 아해는 분명 권왕의 제자였던 권창우란 아해가 아닙니까? 왜 남궁민이 권왕의 제자와 함께 있는 것인지 누가 속 시원하게 설명을 좀 해 보시죠!"

아무도 입을 떼는 사람이 없었다.

남궁민은 세가에서 애지중지 키운 인재였다. 그런 그가 이렇게 큰 사고를 칠 것이라고는 아무도 생각지 못했다.

거기다 권왕의 제자라니, 검왕이라고 불리는 남궁벽의

유일한 맞수가 권왕이었다. 권왕이라면 이를 가는 남궁벽이 권왕의 제자와 다니는 손자를 좋게 볼 리가 없었다.

"대책을 강구해야하지 않겠습니까? 중국무림협회의 지침을 어긴 자는 제 혈육이라고 해도 가만히 둘 수는 없습니다."

"제가 직접 가서 데려오겠습니다."

남궁벽의 아들이자 남궁민의 아버지인 현 남궁세가주, 남궁진이 발언했다.

남궁진의 발언에 남궁벽이 턱을 쓰다듬었다.

"호오, 가주가 직접…? 좋습니다, 가주. 대신 한국에 가게 되면 박우주라는 아해 또한 같이 데려오세요. 그가 쓰는 무공의 원류가 궁금하군요."

"알겠습니다, 회장님."

남궁벽이 마음에 드는 대답을 들었는지 회의장을 빠져나갔다.

남궁진은 속을 썩이는 아들을 떠올리면서 중얼거렸다.

"세상이 변했는데, 우리는 그대로구나……."

* * *

N그룹의 강철현은 DA컴퍼니를 인수한 우주를 치려다 TP그룹의 견제를 받았다. 그 문제를 해결하느라, UN그룹

에 대해서 신경을 쓸 수 없었다.

그런데 어느 날, 괴물들이 튀어나오고 UN그룹이 괴물들을 쓰러뜨렸다는 소식을 들었다.

더 이상 장부가 문제가 되지는 않았지만 남이 잘되는 꼴을 보니 배가 아팠다.

강철현은 개망나니 아들을 불러들였다. 강철민은 강철현의 부름에 어쩔 수 없이 강철현을 만나러 왔다.

"철민아. 너 혹시 초이스가 되어 볼 생각은 없느냐?"

"네?"

"UN그룹에 들어가서 초이스가 되어서 N그룹을 위해서 일하거라!"

이런 상황은 N그룹에서만 벌어지고 있는 것이 아니었다.

"예나야. 박우주라고 했나?"

TP그룹의 회장, 김유신이 김예나를 불러서 말했다.

"응, 맞아. 아빠."

"그놈을 꼬시던지 보쌈하던지 내 앞으로 데려와. 지금 세상은 그놈을 중심으로 돌아가고 있어!"

각 그룹에서 UN그룹으로 첩자 아닌 첩자를 투입하고 있었다.

* * *

"신 비서."

"죄송합니다."

이경묵은 돈이면 세상에서 무엇이든 할 수 있을 것이라 생각했다. 하지만 이번 그리핀 사냥이 실패하며 처음으로 실패를 맛보았다.

"괜찮아. 네가 실패한 것은 모두 그놈 때문이야."

UN그룹 회장, 박우주.

그놈만 없었다면 돈의 힘으로 초이스들을 고용해서 그리핀을 잡을 수 있었다. 그놈만 없었다면 말이다.

"신 비서. 전력을 다해서 UN그룹을 망하게 만들어. 아버지한테 허락도 받아내고. 모든 수단과 방법을 동원해서, 박우주. 그놈을 바닥으로 끌어내려."

"네. 이번에는 실패하지 않겠습니다."

검은 머리를 뒤로 넘기면서 신 비서가 눈을 번뜩였다.

* * *

그렇게 다른 그룹에서 이를 갈고 있는 줄도 모르고 우주는 태평하게 '마켓 타워, 서울 지부'를 다시 방문했다.

"오랜만이네? 뭐야, 그새 더 강해졌네?!"

마켓을 들어가자마자 테인이 우주를 반겼다.

우주의 레벨이 오른것을 알았는지 테인은 놀랍다는 듯 두눈을 크게 떴다.

"그러고 보니 당신이라면 알것 같아서 말이지. 혹시 그 리핀이라고 알아?"

"아, 그래. 당연히 알지. 그놈 상대하기 좀 골치 아플 텐 데……."

테인은 우주가 그리핀을 잡은 줄 모르고 있는것 같았다. 마켓의 정보력이 그렇게 빠르지는 않다는 정보를 얻은 우 주는 테인의 말을 끊고 말했다.

"잡았어."

"뭐?!"

그리핀을 잡았다는 말에 테인이 화들짝 놀랐다.

지구에 온 지 며칠이 지났다고 그리핀을 잡는단 말인가? 지구의 수준이 생각보다 높다는 것을 깨달았다.

"왜 그래?"

"너, 대단한 줄은 알았는데, 생각보다 더 대단한데? 역시 히든 클래스에 최초의 초이스는 다르단 말이지."

테인은 아는것이 많았다. 행성을 돌아다니며 초이스들 에게 구매와 판매를 주도하는 판매업자다웠다.

그가 알기로 그리핀의 레벨은 최소 40이었다. 레벨이 중 요한 것은 아니지만 그리핀은 비행 몬스터로 상대하기가

굉장히 까다로운 축에 속했다.

"혹시 여기 몬스터 도감 같은건 안 파나?"

"호오. 저번에 왔을 때보다 생각이 깊어졌구나?"

혹시나 해서 물어본 건데, 테인의 반응을 보니 있는것 같 았다.

"있어? 없어?"

"물론 있지. 우리 마켓에는 없는것이 없다고."

테인이 저번에 줬던 판매 목록이 적혀 있는 책자를 던져 주었다. 친절하게도 펼치자마자 몬스터 도감에 대해 나와 있었다.

[몬스터 도감]

—전 행성에 존재하는 모든 몬스터에 대한 정보가 수록 되어 있다.

가격 : 300포인트

"허, 300포인트?"

"좀 비싸지?"

여태까지 단 한번도 팔린 적이 없는 품목이었다. 300포 인트면 레벨을 60업이나 해야지 벌 수 있는 포인트다.

그런 스텟 포인트를 이런 책자에 투자를 하는 초이스를 테인은 단 한번도 본 적이 없었다.

"진짜 미친 짓이군."

우주는 미친 짓이라는 것을 알면서도 '구매'라고 적혀 있는 버튼을 클릭했다. 그 모습을 본 테인이 놀라서 소리쳤다.

"미쳤어?!"

우주한테 남아 있던 스텟 포인트 중 300포인트가 쑤욱하고 빠져나갔다. 그리고 우주의 인벤토리에 '몬스터 도감'이 들어갔다.

[남은 스텟 포인트 : 160]

"미친, 진짜 샀네."

테인의 중얼거림을 뒤로 하고 우주는 더 사야 될 품목을 찾기 시작했다. 비싼 가격에도 불구하고 우주가 몬스터 도감을 산 이유가 있었다. 정보는 곧 돈이고 힘이다.

적을 알고 나를 알면 백전백승이란 말이 있다.

이번에 그리핀과 전투를 하면서 그리핀이 회복 능력이 있다는 것을 알았다면 조금 더 신중하게 싸웠을 것이다. 또 앞으로 어떤 네임드 몬스터가 등장할지 몰랐다.

우주는 UN그룹의 다음 목표를 몬스터의 위협에서 인간을 보호하는 것으로 잡았다.

초이스를 양성하게 되면 UN그룹은 적어도 한국에서는

초이스를 가장 많이 보유한 기업이 될 것이다.

그럼 기업의 활동 목표가 있어야 할 텐데, 수많은 초이스를 데리고 술이나 팔고 있을 수는 없다.

몬스터의 위험에서 인류를 구원하는 것.

그것이 UN그룹의 다음 목표가 될 것이다. 그리고 그것을 위해서는 몬스터에 대한 정보는 필수였다.

"몬스터 도감이 아무리 유용하다고 하지만, 대체 그 많은 스텟 포인트는 어디서 난 거지?"

300포인트라는 스텟 포인트를 저렇게 쉽게 쓴다는 말은 스텟 포인트가 더 남아 있다는 말이다. 테인은 우주가 스텟 포인트를 막 쓰는것을 이해할 수 없었다.

"어, 다음은 혹시 포탈 생성기 같은건 없어?"

[포탈 생성기]
─원하는 포탈을 만들 수 있다.
가격 : 100포인트

"이야, 없는게 없구만."

"너, 설마 그것도 살려고?"

무려 100포인트짜리였다.

방금 전 몬스터 도감과 합하면 총 400포인트였다.

무슨 스텟 포인트가 이렇게 많으냐고 물어보려다 테인은

입을 다물었다. 포탈 생성기를 우주가 산 것이다.

[남은 스텟 포인트 : 60]

"그리고 책 없을까? 초이스에 관한 책?"

[초이스]
—초이스에 대한 책이다.
저자 : 빅 초이스
가격 : 10포인트

진짜 없는것이 없었다. 초이스에 관한 책까지 구매한 우주는 총 410포인트를 소진하고 마켓을 나왔다.

[남은 스텟 포인트 : 50]

스텟 포인트는 이제 50포인트만 남아 있었다.
"무슨 저런 괴물같은……."
테인이 중얼거리는 소리를 들었지만 가뿐히 무시했다.
몬스터 도감도 준비했고 포탈도 있다. 이제 우주는 계획대로 초이스 아카데미를 열 수 있다.

'초이스 아카데미.'

우주는 UN그룹에서 일반인과 초이스를 나눠서 초이스 아카데미를 시행할 계획이었다. 초이스를 전문적으로 양성하는 기관을 설립하는 것이다.

아직 초이스와 관련된 법이 제정된 것이 단 하나도 없었다. 그렇기 때문에 학교 같은 시설을 설립하는 것도 크게 문제가 없었다.

우주는 초이스를 양성하면서 랭킹제도를 도입할 생각이었다. 대한민국에서 초이스에 관해서 제일의 기업이 되기 위해 할 수 있는것은 모두 시도해야만 했다.

"일단은 먼저 몬스터 도감을 숙지해야겠지?"

마켓에서 나온 우주는 일단은 UN그룹으로 돌아가서 몬스터 도감을 읽을 생각이었다. 숙지해야 할것이 많았다. 지금은 일단 아카데미를 세우는 것 보다 어떤 몬스터가 있는지를 아는것이 우선이었다.

* * *

['몬스터 도감'을 읽으시겠습니까?]

"읽어야지. 그러려고 300포인트나 주고 샀는데."

꽤나 두꺼웠기에 읽는데 오래 걸릴것 같았다. 첫 장을 넘기자 괴이하게 생긴 몬스터들이 등장했다.

[오크 : 녹색의 피부에 글레이브를 주 무기로 사용한다. 몸집이 매우 뚱뚱한 편이다. 번식속도는 인간과는 비교도 안 될 정도로 강하다. 성장이 빨라서 1년이면 전투에 참가할 정도로 성장한다.]

[고블린 : 6~7세의 사람 정도의 크기이다. 몬스터 중 지능이 뛰어나며 말을 할 줄 안다. 공격으로 마취 침을 쏘지만 전투력이 약해 성인남자 혼자서도 이길 수 있다.]

오크와 고블린이었다. 판타지의 기본 몬스터라고 할 수 있는 두 몬스터의 정보를 확인한 우주는 계속해서 책장을 넘기기 시작했다.

[트롤 : 트롤은 재생력이 매우 뛰어난 종족이다. 그래서 트롤의 피는 포션으로도 쓰이며 마법재료로도 쓰인다. 크기는 오크보다 살짝 크다.]

[오우거 : 숲의 제왕이라 불리는 오우거는 인간의 1.5배 크기이며 힘이 세다. 숲에 자주 출몰하며, 오크와 달리 무리지어 다니지 않는다.]

[와이번 : 미니 드래곤이라고도 불린다. 와이번은 드래

곤과는 달리 무리지어 다니며 매우 약하지만 무시할 수 없는 브레스를 사용한다. 가죽이 매우 단단하여 물리공격력은 거의 통하지 않는 편이다.]

　다음은 트롤, 오우거, 와이번에 대해서 설명이 나와 있었다. 어느 정도 알고 있는 정보였기에 술술 넘기던 우주는 드래곤이 서술되어 있는 부분에서 멈췄다.

　[드래곤 : 위대한 종족, 마법의 시초이다. 모든것을 파괴하는 드래곤 브레스는 드래곤을 최강의 종족으로 만들었다. 색깔 별로 종족이 다른데 레드와 블랙은 포악하며 그린과 블루는 온화한 편이다. 마지막으로 골드 드래곤을 만나면 무조건 피하도록 하라.]

　"드래곤이라……."
　그리핀도 실제로 봤는데 드래곤이라고 없을 리가 없었다. 하지만 아직까지 오크, 고블린, 오우거, 트롤 같은 몬스터가 나왔다는 소식은 없었다.
　그리핀을 제외하고는 대부분 포탈 안에서만 몬스터가 서식하고 있는것 같았다.
　포탈은 지금 이 순간에도 생성되고 있다. 혹시 몬스터가 포탈 밖으로 뛰쳐나오면 수많은 사상자가 발생할 것이다.

때문에 국가에서는 포탈이 발생하면 그 일대를 최대한 통제했다.

그 외에도 리자드맨, 드레이크, 바실리스크, 웨어울프 같은 몬스터들도 도감에 나와 있었다. 중간에는 그리핀에 대해서도 서술되어 있었다.

[그리핀 : 그리핀은 일반적으로 매의 머리와 날개를 가지며 몸통은 사자, 앞발은 매인 몬스터를 말한다. 바람과 뇌전을 다루며 창공을 가로지르는 비행 몬스터이다.]

우주는 아카데미에서 몬스터에 관한 수업도 해야겠다고 생각했다. 그리고 도감에 나와 있는 몬스터들을 하나씩 정리했다.

그렇게 몬스터 도감을 정리하면서 창우한테 지시를 내렸다. 아카데미를 설립할 것이니 적당한 장소를 알아보라고 말이다.

초이스 양성 기관에 대해서 들은 창우는 살짝 당황했지만 우주의 의도를 이해하고 빠르게 움직이기 시작했다.

다음으로 우주는 포탈 생성기를 설치할 자리를 알아보았다. 이곳은 시뮬레이션 공간이었다. 일반인을 초이스로 만들거나 초이스 양성 기관에서 실전을 연습하기 위한 공간을 마련한 것이다.

포탈 생성기를 통해 생성하는 몬스터는 슬라임 같이 아주 잡기 쉬운 몬스터를 불러들일 예정이었다.

그렇게 우주는 하나둘씩 초이스 아카데미를 준비하기 시작했다.

* * *

"정말, 계획대로 되는것이 하나도 없네."

권여정은 남궁민이 우주의 밑으로 들어간 것을 믿지 못했다. 하지만 그리핀과의 전투 영상을 보고 생각을 고쳤다.

무슨 일이 있어도 UN그룹에 남아 있어야 했다. 권여정은 초이스가 되고 싶었다. 그녀도 초이스가 되어서 권창우처럼 인지도를 올리고 싶었다.

언제까지 권창우만 믿고 살아갈 수 없다는 것을 깨달은 것이다. 그렇게 UN그룹의 배려로 방을 얻어서 생활하고 있던 권여정한테 한통의 전화가 걸려왔다.

"권여정. 권창우의 여동생, 욕심이 많으며 자기 자신을 위해서는 무슨 짓이든 한다."

"너, 누구야?"

전화를 걸어온 사람이 이상한 말을 하자 권여정의 눈가에 표독스러워졌다.

"여정아. 우리 민이를 데려간 것이 너라고 하더구나."

꿀꺽―

권여정의 이 목소리의 주인을 아주 잘 알고 있었다.

설마 이렇게 직접적으로 전화가 걸려올 줄은 꿈에도 예상 못했다.

권여정은 전화기를 들고 있는 손을 떨기 시작했다.

"걱정 마. 너한테는 아무런 해를 끼치지 않으마. 대신 너희 우리 민이랑 너희 오빠는 내가 말한 장소로 좀 불러줘야겠어."

"네, 네. 알겠습니다."

"만약 배신의 기미가 보인다면 너부터 죽는다."

전화가 끊겼다. 권여정은 온몸을 덜덜 떨기 시작했다. 남궁세가. 그것도 남궁세가주가 한국에 도착했다.

"오빠, 오빠한테 도움을 청해야 돼."

권여정의 힘만으로는 남궁세가주, 남궁진한테서 살아남을 수 없다. 그건 권여정 스스로가 제일 잘 알고 있었다. 권여정은 전화기를 들고 권창우의 번호를 누르기 시작했다.

뚜르르르르.

 *　 *　 *

"여보세요."

"오빠! 나 아영인데 다 듣고 다 봤어. 나도 초이스로 만들어줘!"

전화를 받자마자 귀가 떨어져 나가도록 큰 아영의 목소리에 우주의 입가가 씰룩거렸다.

언제 들어도 여동생의 목소리는 활기가 넘쳤다.

"안 돼."

"왜?!"

"위험해."

뚜― 뚜― 뚜―

일방적으로 전화를 끊어버린 우주는 지예천이 시달릴 것을 생각하고 그에게 전화를 걸었다.

"네. 여보세요."

지예천의 목소리가 힘이 없어 보였다. 목소리에서부터 지친것을 확연하게 알 수 있었다.

"어, 요즘은 어때?"

"전… 저대로 수련하고 있고 부모님들께선 약간 충격을 받으신 것 같습니다."

"어쩔 수 없지."

사실 우주도 옛날의 자신과 지금의 자신 사이에 괴리감이 너무 커서 이상하게 느껴질 지경이었다.

하지만 이미 주사위는 던져졌다.

"그래. 앞으로도 잘 부탁해. 필요한것 있으면 말만하고. 우리 회사, 돈 진짜 많이 벌었거든."

"하하. 알겠습니다. 아, 회장님."

우주의 유머에 지예천이 미소 지었다. 그리고 문득 생각 났다는 듯 우주를 불렀다.

"응? 왜?"

"혹시 모르실까봐 말씀드리는데요. 권창우와 남궁민의 무공이 티비에서 영상으로 나오는 것을 보신 적이 있으시 죠?"

"어, 있는데?"

지금 티비에 나오는 것이 그리핀과의 전투밖에 없었다. 당연히 남궁민과 권창우의 무공이 전부 공개되고 있었다. 우주가 고개를 끄덕이면서 대답하자 지예천이 걱정된다 는 듯 말했다.

"중국무림협회에서 가만히 있지 않을 겁니다. 대비를 하 시는 것이 좋을것 같습니다."

중국무림협회에서는 무공을 공개적으로 사용하는 것을 불허한다. 그런데 영상 자료까지 남았으니 중국무림협회 가 분명 권창우와 남궁민에게 제재를 가할 것이다.

"충고해줘서 고맙군. 그럼 수고해."

"네. 다음에 뵙겠습니다."

지예천의 말에 우주는 그동안 잊고 살았던 권여정을 떠

올렸다. 왠지 권여정을 찾아봐야 할 것 같았다.

* * *

"남궁진이 한국에 왔어."

"뭐라고?"

검왕 남궁벽의 아들이자 남궁세가주 남궁진.

권창우도 몇 번 본적이 있는 사람이었다. 거기다 그는 남궁민의 아버지이기도 했다. 무슨 일로 한국에 방문한 것일까.

집안일이라면 말릴 방도가 없지만 그리핀과의 전투영상 때문이라면 우주에게 보고를 해야 했다.

"남궁진이 남궁민이랑 오빠를 만나고 싶데… 어떡해?"

"알겠어. 내가 연락해 볼게. 혹시 모르니까 집에 계속 있어. 알겠지?"

만약 남궁민한테 제재를 가하려고 온것이라면 한판 크게 붙어야 할 수도 있다. 권창우는 우주에게 연락을 했다.

"네? 아빠가 오셨다고요?"

우주한테 연락을 하고 남궁민을 찾아온 권창우는 권여정의 말을 전해주었다.

남궁민은 설마 남궁진이 직접 찾아오리라고는 생각지 못했는지 심하게 당황한 눈치였다.

권창우는 권여정이 보여준 좌표를 낭궁민에게 주었고 그는 조용히 검을 챙겨서 UN그룹을 나섰다.
　"저거 아무래도 싸우러 가는것 같죠?"
　"응. 그런것 같은데?"
　권창우의 연락을 받은 우주가 남궁민이 나가는 모습을 보고 스트레칭을 하기 시작했다.
　"쫓아가자."
　어쩌면 싸워야 될지도 몰랐다. 남궁세가주와 말이다.

초이스 아카데미

"결국 권여정이 권창우랑 민이를 불러내는군."

"정말 영악한 여자입니다. 어떻게 권왕의 제자에게 그런 동생이 있는지 믿기지가 않을 정도입니다."

남궁진은 함께 한국으로 온 남궁대와 대화를 나누면서 권창우와 남궁민을 기다리고 있었다.

"이곳까지는 어쩐 일이십니까."

권여정이 말한 장소에 도착한 남궁민이 남궁진과 남궁대와 마주했다.

"네가 지침을 어기는 바람에 찾아오게 되었다. 그건 그렇고 대체 왜 권왕의 제자랑 같이 있는 것이냐?"

"뭐, 어쩌다보니 그렇게 되었습니다."

"민아. 지금 그 태도가 가문의 어르신에게 잘하는 태도라고 생각하느냐?"

"죄송합니다."

남궁민은 고개를 숙였다. 남궁진은 그런 남궁민의 모습에 진중하게 한마디를 내뱉었다.

"돌아가자꾸나."

고개를 숙였던 남궁민이 돌아가자는 남궁진의 말에 다시 고개를 들었다.

"죄송합니다. 그럴 수는 없을것 같습니다."

"지금 내 말에 거역하는 것이냐?"

남궁민이 다시 한번 고개를 숙였다. 완곡한 거절의 표시였다. 점점 남궁진의 표정이 굳어갔다.

"이유가 무엇이더냐?"

"약속을 했습니다."

"그래? 그럼 어쩔 수 없구나."

남궁진이 검을 뽑아들었다. 남궁진이 검을 뽑는것을 보고 남궁민도 검집에 손을 가져갔다.

"호오. 대적해 보겠다는 거냐?"

"제가 이기면 돌아가십시오."

남궁민의 말에 남궁대가 남궁진을 제지했다.

"가주님이 나설 필요도 없습니다. 민이는 제가……."

44

"저도 불렀다고 하던데, 당신은 제가 상대해 드리죠."

남궁대가 나서자 막 도착한 우주와 권창우가 나섰다. 권창우가 나서자 남궁대는 자연스럽게 권창우에게 시선을 집중할 수밖에 없었다.

권왕의 제자인 권창우를 두고 남궁민까지 상대할 생각을 하는것은 어불성설이었다.

"자네는 나서지 않아도 괜찮겠나?"

"권창우랑 남궁민이 질 리가 없거든요."

남궁진이 우주에게 묻자 우주가 답변했다. 권창우랑 남궁민을 믿는다는 소리였다.

남궁진은 우주의 말에 검집에 손을 올려놓고 있는 남궁민을 바라보았다.

빈틈이 보이지 않았다. 훌륭하게 자란 아들을 보고 흡족한 마음이 들었지만, 한편으로 아버지의 말보다 저 남자의 말을 더 따르는 것이 거슬렸다.

"그럼 오늘 한번 훈계를 해야겠구나."

남궁진이 검에 내공을 불어넣기 시작했다.

검에서 검기가 일렁이기 시작했다. 남궁민은 그런 아버지의 검을 보고 중얼거렸다.

"죄송합니다."

한편, 남궁대 역시 검을 뽑아들었다. 권창우는 그런 남궁대를 향해 주먹을 쥐고 천천히 걸어갔다.

"권왕의 제자, 무인 권창우. 남궁세가의 장로인 남궁대가 상대해 주마."

남궁세가의 가주와 같이 움직인다는 말은 적어도 장로 중에서도 실세라는 말이었다. 권창우는 남궁세가의 검이 얼마나 대단한지 남궁민을 통해서 알고 있었다. 한치의 방심도 하지 않고 신중하게 남궁대를 상대해야했다.

권창우는 전신의 기감을 날카롭게 끌어올렸다.

"한수, 배우겠습니다."

권창우가 말을 함과 동시에 극성의 제운종을 발휘해서 앞으로 쏘아져 나갔다. 그리고 일권을 뻗었다. 태극권이었다.

"빠르다!!"

신법이 아무리 빨라도 공격을 인지하면 검으로 막아낼 수 있다. 남궁세가의 검법 중에 창궁비연검(蒼穹飛燕劍)을 익힌 남궁대의 눈에는 권창우의 움직임이 뻔해 보였다.

"일초로 끝내세. 창궁비연(蒼穹飛燕)."

"물론 그럴 생각이었습니다. 태극일권(太極一拳)."

푸른 하늘에 날아오른 연은 태극의 움직임에 봉쇄당했다. 권창우의 주먹 한번에 연이 하늘에서 추락해버렸다.

쩌정—

남궁대의 검이 주먹에 산산조각이 났다.

권창우의 완벽한 승리였다.

46

남궁대는 속이 진탕되었는지 헬쑥해진 안색으로 뒷걸음질했다.

우주는 당연한 결과라는 듯 고개를 끄덕였다.

권창우는 남궁대에게 포권을 취한 후, 남궁진과 남궁민의 대결을 보기 위해서 고개를 돌렸다.

기세를 보았을 때 남궁민이 많이 밀리고 있는것 같았다.

"섬전십삼검뢰(閃電十三劍雷)."

권창우가 남궁진의 초식을 보고 중얼거렸다.

"저걸 그렇게 부르나 보지?"

남궁진의 쾌검이 남궁민의 옷깃을 계속해서 스치고 있었다. 누가 봐도 남궁민이 열세였다.

"위험해 보이는군요."

"전혀? 승부는 났어. 아무리 빠른 검법이라도 맞지 않으면 소용이 없지."

권창우의 말에 우주가 답했다.

남궁민이 위험해 보일수도 있겠지만 종이 한장 차이로 남궁진의 검은 남궁민에게 닿지 않았다.

"죄송합니다. 아버지. 창궁은 무한합니다. 창궁무한(蒼穹無限)."

무한한 가능성을 가진 자신을 이제 그만 놓아달라는 의미였다. 섬전십삼검뢰가 창궁무애검법에 깨졌다.

남궁민의 창궁무애검법에 섬전십삼검뢰가 깨지자 남궁

진이 놀란 눈으로 남궁민을 바라보았다.

"남궁세가 최고의 검객이 탄생했구나."

"그걸 아셨다면 이제 그만 돌아가시죠."

남궁민이 검으로 남궁진을 꺾자 우주가 나섰다. 승부에 불응하는 것만큼 꼴불견인 것이 없었으니까 말이다.

"약속을 지키고 싶네만, 민아. 할아버님께서 돌아오시라고 하셨다. 지금 돌아가지 않으면 세가에서 쫓겨날 수도 있다."

"남자의 한마디는 말의 무게가 천금과 같다고 했습니다. 그러니 약속을 지켜주시지요."

남궁민이 다시 한번 정중하게 부탁했다. 세가에 돌아가지 않겠다고 선언한 것이나 마찬가지였다. 그래도 남궁진이 요지부동이자 우주가 한걸음 앞으로 나서면서 말했다.

"제 밑에 있는 아이입니다. 만약 데리고 가고 싶으시다면 저에게 말씀하시죠."

"내 아들이다."

"제 부하직원 입니다만?"

우주가 양손에 뇌전의 기운을 끌어올렸다. 그래도 끌고 갈 생각이라면 다시 한바탕해야 될 것이라는 것을 몸으로 표현했다. 우주의 완강한 의지 때문일까.

남궁진과 남궁대가 뒤로 돌아섰다.

"가주님?"

"돌아가자."

"…네."

"잘 부탁하겠소."

"물론이죠."

남궁진과 남궁대가 멀어지자 우주가 남궁민을 바라보았다. 처음에 이 녀석을 부하로 만들기 위해 '피나 콜라다'를 썼던것이 엊그제 같은데, 어느새 이렇게 충성스런 부하가 되어 있었다.

우주는 멀리 떨어져서 이쪽을 보고 있는 권여정을 쳐다보았다.

"창우에겐 정말 미안한데, 여정아. 한번만 더 수작부리면 가만두지 않겠어."

숨어 있던 권여정이 모습을 드러내었다.

"죄송해요. 전… 어쩔 수 없었어요."

"마지막 기회야."

우주가 더 이상 볼 일이 없다는 듯 권여정을 뒤로 한 채로 걸어가기 시작했다. 우주의 뒤를 남궁민이 따랐고 권창우는 권여정 곁에 남았다.

권여정은 역시 그래도 권창우밖에 없다고 생각하면서 입을 떼려 했다.

"여정아. 회장님께서 말했다시피 마지막 기회야. 더 이상 회장님을 곤란하게 하지 말려무나. 그리고 이거……."

권창우한테 한소리를 들은 권여정은 멍한 표정으로 권창우가 내미는 것을 받아들었다.

"아카데미 입학추천서야. 회장님이 주시더구나. 초이스가 되고 싶다고 했지? 얼마 후에 만들어질 아카데미에 입학하렴. 네 스스로의 힘으로 초이스가 되는것이 좋을것 같다. 오빠는 여정이를 믿는다."

그렇게 말한 권창우도 권여정을 남겨두고는 우주의 뒤를 따랐다. 홀로 남겨진 권여정은 권창우가 준 아카데미 입학추천서를 받아들고는 중얼거렸다.

"감히… 감히! 나를 건드려? 두고 봐. 꼭 복수해주겠어!!"

권여정이 우주한테 한을 품는 순간이었다.

* * *

그리핀을 잡은지 일주일이 흘렀다. 우주는 자신의 상태를 확인해보았다.

"상태창 확인."

[박우주]

LV : 33

나이 : 30세

직업 : 초이스[알코올 초이스]

칭호 : 최초의 초이스, 기적을 일으킨 자.

체력 : 1500/1500(+1000)

정신력 : 4000/4000(+1000)

힘 : 30(+10)　　　　민첩 : 30(+10)

지능 : 50(+10)　　　　행운 : 50(+20)

활기 : 23(+10)　　　　끈기 : 30(+10)

외모 : 40(+10)　　　　매력 : 40(+10)

스피드 : 30(+10)　　　체형 : 40(+10)

내공 : 70(+10)(뇌전 속성이 추가됨.)

스텟 포인트 : 50

※추가 스텟은 추후 개방 가능합니다.

그리핀의 스킬을 흡수하면서 내공에 뇌전 속성이 추가되었다. 그 많던 스텟 포인트는 몬스터 도감과 포탈 활성기를 구입하면서 다 써버렸다.

이제는 50포인트 정도만 남아 있는 상태였다.

상태를 점검한 우주는 옷매무새까지 정돈했다. 오늘은 대망의 '초이스 아카데미'를 여는 날이었다.

초이스가 되고 싶은 일반인, 그리고 초이스가 되었지만, 몬스터와 어떻게 싸워야 하는지 모르는 이들을 위해 만들어진 것이 '초이스 아카데미'였다.

건물 부지는 권창우가 일주일 전부터 준비를 시켜서 외딴 곳에 준비를 했고, 우주가 생성한 포탈을 통해서만 이동할 수 있도록 조치했다. 일반인 70명과 초이스 30명을 아카데미 1기 수강생으로 받았다.

그리고 지금, UN그룹의 한 강당에 100명의 아카데미 수강생이 모여 있었다.

장내는 조용했다. 사람이 많았기에 조금은 떠드는 소리가 들릴 줄 알았는데 모두 말이 없었다. 강당에 모인 한명, 한명이 주변 사람들을 경계했다.

아직 누가 초이스고 누가 일반인인지 파악을 하지 못했기 때문이다. '초이스 아카데미'에 입부하려면 일반인은 막대한 등록금을 지불했다. 초이스는 UN그룹에서 일하겠다는 계약서를 써야만 했다.

아카데미 1기가 무사히 수료를 하게 되면 100명의 초이스가 UN그룹 직할로 들어오게 되는 것이다.

'물론 타 그룹에서 첩자를 심어뒀겠지만 말이야.'

상관없었다. 그런 것도 대비해 두지 않고는 제대로 아카데미를 운영할 수 있을 리가 없다. 우주가 준비한 '초이스 아카데미'는 이제 전 세계에서 누구나 가고 싶어 하는 아카데미가 될 것이다.

"그럼 지금부터 '초이스 아카데미' 입학식을 시작하도록 하겠습니다. 안녕하십니까. 신수아라고 합니다."

아카데미 1기생 100명의 앞에 선것은 우주가 아니었다. 신수아가 단상 위에 올라가자 신수아를 알아본 수강생들이 그제야 웅성거리기 시작했다.

"신수아다."

"맞네, 그리핀의 목을 마지막에 불태워버린……."

"모두 정숙해주세요. 오늘 입학식은 제가 사회를 보게 되었습니다."

그리핀의 내단을 흡수한 신수아는 온화하고 부드러운 분위기가 풍기기 시작했다.

"먼저 이렇게 저희 '초이스 아카데미'에 입학하게 되신 여러분께 말씀드릴 것이 있습니다. 저희 '초이스 아카데미'는 일반적인 학교가 아닙니다. 그렇기에 수업 중 혹은 교육 중에 불상사가 발생할 수도 있습니다. 지금 나눠드리는 서명부에 모두 동의를 해주시면 감사하겠습니다."

서명부에는 교육 중 발생하는 사고에 대해서는 모두 본인한테 책임이 있다고 적혀 있었다.

"아니, 비싼 돈 주고 들어왔는데! 이게 무슨 소리입니까?!"

역시 초반부터 반발자가 나오기 시작했다. 신수아는 그 사내를 향해 손을 들었다. 그러자 순풍이 불어서 그를 휘감았다.

"어, 어……?"

그리고 그는 곧 하늘로 떠오르기 시작했다.

"자, 예를 들어 보겠습니다. 저희 아카데미에서는 몬스터와 마주했을 때 평온을 유지하기 위해서 평소 이런 식으로 공포심을 유발하는 테스트를 진행하게 될 것입니다. 어때요? 무서우신가요?"

하늘로 떠오른 사내는 자신의 몸을 마음대로 통제할 수가 없자 입만 벙긋거리고 있었다.

"그런데 이런 상황일 때, '어머. 제가 실수했네요'하고 힘을 풀어버리면?"

하늘로 올라갔던 사내가 갑자기 바닥으로 곤두박질치기 시작했다.

"으아악!!"

슈욱.

바닥에 부딪히기 직전에 다시 순풍이 불어와 사내를 안전하게 착지시켰다.

"이런 상황에 다치고 본인이 정신적 타격을 입는것은 전부 본인 책임입니다. 그리고 실습과정과 초이스가 되기 위해서 몬스터를 사냥하러 갔을 때, 몬스터한테 상해를 당하면 그것 또한 본인 책임입니다. 저희가 최대한 보호할 테지만 상황이란 것이 그렇게 여의치 않거든요."

신수아의 능력에 '초이스 아카데미'에 입학한 수강생들이 침을 꿀꺽 삼켰다. 그중 일반인이 아닌 초이스들은 신

수아의 능력이 무엇인지 궁금해 하는것 같았다.

"그럼 모두 이해하셨으면 서명부에 서명해 주시죠. 강제가 아닙니다. 서명을 못 하시겠다는 분은 그대로 아카데미 밖으로 나가주시면 감사하겠습니다."

나가는 사람은 없었다. 웃으면서 말하는 신수아의 모습에 압도당한 것인지 수강생들은 조용히 서명을 했다.

"감사합니다. 수강생들은 일반부와 초이스부로 나뉘게 됩니다. 일반부와 초이스부 안에서도 상급, 중급, 하급으로 나뉩니다. 나뉘는 기준은 그때 가서 설명하도록 하고, 지금은 초이스들은 오른쪽, 일반인들은 왼쪽 자리로 이동해주시길 바랍니다."

신수아의 지시에 사람들이 눈치를 보면서 양쪽으로 이동했다. 오른쪽으로 이동하는 사람들을 왼쪽으로 이동하는 사람들은 부러워했다.

"자, 그럼 어느 정도 분류가 된것 같네요. 모두 자리에 앉아주시죠."

일반인들은 크게 신경 쓰지 않는것 같은데, 초이스들은 꽤나 옆 사람을 신경 쓰고 있었다. 신수아는 당연하다고 생각하면서 진행을 계속 이어나갔다.

"그럼 여러분이 그토록 기다리던 UN그룹 회장님의 말씀이 있겠습니다."

신수아의 뒤에 우주가 소리 소문 없이 나타났다.

단상 위로 올라선 우주가 주위를 둘러보았다. 낯익은 얼굴들이 눈에 들어왔다. 그중에는 아군도 있었고, 적도 있었다. 적이라고 생각한 적은 없지만 말이다.

"먼저 UN그룹에 온것을 환영합니다. UN그룹 회장, 박우주라고 합니다."

우주가 인사를 하자 모두가 연예인을 보는것 같은 시선으로 우주를 바라보았다. 대스타. 전 세계에서 가장 유명한 사람이 눈앞에 서 있었다.

"저희 '초이스 아카데미'는 다양한 교육을 통해 초이스가 가져야 할 바른 인성과 기본적으로 배워야 지식을 가르치는 초이스 양성 기관입니다. 아카데미 수강생 1기로 들어오신 여러분이 좋은 초이스가 되길 바라겠습니다."

짝짝짝.

간단명료한 우주의 말이 끝나자 박수가 터져 나왔다.

"그럼 지금부터 수준을 나누도록 하겠습니다."

그렇게 말한 신수아는 수준 차이를 둔다는 것을 불공평하게 생각하는 사람이 있을것 같아서 덧붙였다.

"수준을 나누는 것은 아카데미 자체에서 수준별 교육이 진행이 되기 때문입니다. 상급이 나왔다고 으쓱해하지도, 하급이 나왔다고 축 처질 필요도 없습니다. 지금은 말입니다."

신수아는 '지금은 말입니다.'를 강조했다. 그래, 지금은

그럴 필요가 없었다. 하지만 나중에 가서도 하급이라면 그 초이스는 좌절해야만 했다.

수강생들도 '지금은 말입니다.' 라는 말의 의미를 알아들 었는지 입술을 깨무는 사람들이 보였다. 대부분 초이스가 아직 되지 않은 자들이었다.

"그럼 테스트를 하도록 하겠습니다. 먼저 초이스들부터 하겠습니다. 참고로 테스트는 주관적으로 등급을 판별합 니다. 판별하실 분은……."

"나다."

권창우가 앞으로 나섰다. 평소의 분위기와 다르게 권창 우의 주위에 무거움이 느껴지고 있었다.

"먼저 나서고 싶은 사람이 나서라. 규칙은 전력을 다해 서 덤비면 그만이다."

권창우가 왼손을 뒤로 빼고 오른손만 내밀었다. 오른손 만 사용하겠다는 의사표명이었다.

"저부터 하겠습니다."

류시우가 먼저 나섰다.

염력 초이스 류시우는 주먹을 사용하는 권창우 정도는 원거리에서 염력으로 상대하면 될 것이라고 생각했다.

그리핀을 상대했다지만, 강해봤자 얼마나 강하겠냐는 마음이 없지 않았다.

특히 류시우는 영상에서 권창우가 사용했던 것은 검법이

었다는 점을 착안했을 때, 권창우를 검사로 단정 지었다.
그래서 검을 들지 않은 권창우 정도는 상대할 수 있으리라
생각했다.

"그래? 선공은 양보하마."

"후회하실 걸요?"

류시우는 바로 권창우를 향해 사이코 키네시스를 발동했
다. 하지만 류시우는 곧 사이코키네시스를 걸 대상으로 컨
택할 수 없었다.

'사라졌다?'

류시우는 권창우가 사라진 것을 느끼자마자 전신에서 염
력을 방출했다. 본능적인 감이었다.

퍽―!

하지만 염력을 뚫고 들어오는 주먹에 복부를 얻어맞은
류시우가 뒷걸음질 쳤다.

"중급."

류시우가 침음을 삼켰다. 무의식적으로 방어를 했는데
도 순간적으로 숨을 쉴 수가 없었다. 만약 주먹이 아니라
검이었다면 류시우는 죽었을 것이다.

"다음."

"적설진이라고 합니다."

류시우 다음으로 나선 것은 적설진이었다.

붉은 머리가 유난히 돋보이는 적설진의 분위기에 다른

초이스들의 눈이 진중해졌다. 과연 권창우를 상대로 어떤 모습을 보여줄 것인지 기대감까지 들었다.

"상급."

"······?"

"어째서?"

아무것도 하지 않은 적설진을 권창우는 상급으로 배정했다.

상급이라는 말에 초이스 그리고 일반인까지 술렁였다.

"이유가 궁금한가? 그럼 지금 올라와서 저놈하고 붙어봐. 이기는 놈은 상급으로 배정해주마."

적설진은 마치 자신의 실력을 훤히 들여다보는 것 같은 권창우의 말에 유심히 권창우를 쳐다보았다.

그리고 곧 고개를 돌려서 자기랑은 상관없다는 듯 구경을 하고 있는 우주에게 시선을 주었다.

"이런 좋은 기회를 놓칠 수는 없죠."

초이스로 분류된 사람들 중 몇 없는 여성 초이스가 적설진을 상대하겠다고 올라섰다.

"이름은?"

"이설화."

서릿발 같이 차가운 기운이 그녀에게서 뿜어져 나왔다.

이설화는 초이스가 얼음 계열이라는 것을 가감 없이 드러내고 있었다.

‘한기가 침투해서 움직이는 것도 쉽지 않을 걸?’

이설화는 미동 없이 서 있는 적설진을 보면서 미소 지었다. 이설화는 이왕 이렇게 앞에 나섰으니 확실하게 자신의 힘을 각인시켜주어야겠다고 생각했다.

“얼어버려.”

쩡—

＊　＊　＊

“하급.”

장내는 권창우의 목소리만 울려 퍼지고 있었다. 기운을 한껏 끌어올려서 적설진이 당할 것이라 예상했던 수강생들은 이설화가 반대로 얼어버린 것을 보고 무슨 일이 일어난 것인지 알 수가 없었다.

이설화는 얼어버려서 목숨이 위험해 보였다.

즉시 권창우가 태극의 기운 중 양의 기운을 끌어올려서 이설화를 녹이기 시작했다.

“자, 더 의문을 가진 사람은 없는 것 같으니, 다음으로 넘어가지.”

그렇게 계속해서 초이스들이 권창우한테 덤벼들었고 상급 10명, 중급 10명, 하급 10명으로 아카데미에 입학한 초이스들을 구분 지을 수 있었다.

"그럼 지금부터 일반인들을 분류하도록 하겠다. 일반인들은 정말 간단하게 분류를 한다. 상급, 중급, 하급 그리고 최하급. 이렇게 각각 20명씩 배정이 되고 최하급은 10명으로 분류가 된다."

최하급이 있다는 말에 일반인 교육생들이 웅성거렸다.

사회적으로 높은 위치에 있던 일반인 교육생들이 입술을 깨물었다. 적어도 최하급만은 무조건 면하고 싶었다.

"자, 시작한다."

권창우의 시작한다는 말과 함께 한줄기 바람이 일반인들이 모여 있는 곳을 휘감았다. 그러자 일반인들의 몸이 하늘로 둥실 떠오르기 시작했다.

"뭐, 뭐야?!"

몸을 통제할 수 있는 통제권을 잃어버린 사람들이 허둥거리기 시작했다. 권창우는 신수아의 뒤에서 신수아를 제외한 나머지 네명의 직원들을 쳐다보았다.

"바람! 신수아!!"

떠오르기 시작했을 때부터 머리가 좋은 일반인들은 이러한 방식을 신수아가 썼다는 것을 깨닫고 신수아를 쳐다보았다. 신수아는 미소를 지으면서 윙크를 하고 있었다.

권창우 역시 신수아를 바라보는 몇몇의 교육생들을 볼 수 있었다. 하지만 굳이 언급을 해 주지는 않았다.

사실 일반인들을 뽑는 기준은 다섯 조교의 마음이었다.

누가 누구의 마음에 들지 권창우는 흥미진진한 표정으로 교육생들을 바라보았다.

"강철민, 김예나, 신우환, 조시한, 장진주."

그때, 우주가 몇몇의 이름을 불렀다.

"알겠습니다."

우주가 부른 인원들은 최하급에 배정될 사람들이었다. 그리고 최하급으로 배정된 교육생들은 우주의 직접적인 지도를 받게 된다. 처음에는 최하급일지 몰라도 나중에 가서는 최상급이 될 수도 있을지 모르는 잠재력을 가진 교육생들이 바로 우주가 호명한 교육생들이었다.

"나머지 다섯명은, 이 명단에 있는 자들로."

타 그룹에서 들어온 첩자들의 명단을 우주는 권창우에게 넘겼다. 첩자관리야 말로 아카데미의 운영방식을 새어나가지 않게 하는 최선의 방법이었다. 우주는 첩자들을 찾는데 전력을 기울이라고 지시를 내렸다.

그렇게 파악한 첩자들은 우주가 직접 관리하기로 했다. 권창우는 어느 정도 우주가 대충 고른것 같아 보이자, 다섯직원에게 지시를 내렸다.

그러는 사이 교육생들은 어느새 꽤 높은 곳까지 떠올라서 극한의 공포를 맛보고 있는 중이었다.

그중에는 벌써 기절한 사람들도 있었다.

초이스들은 겨우 공중으로 띄운 것만으로 기절해 버리는

나약한 교육생들을 보면서 고개를 저었다. 저런 놈들은 초이스가 된다고 하더라도 몬스터와의 싸움에서 아무런 도움이 되지 않을 것이다.

그리고 다섯직원이 어느 정도 마음에 드는 사람들을 뽑았는지 권창우를 향해 시선을 집중했다.

"종료다."

하늘에서 교육생들이 비처럼 떨어져 내렸다. 엄청난 속도로 추락하던 교육생들은 극한의 공포를 느꼈다. 다행이 지상에 충돌하기 전에 푹신한 바람이 몸을 받쳐주어 안전하게 착지했다.

"상급 20명부터 발표하겠다."

교육생들의 이름이 불리면서 일반인 교육생들은 가지각색의 표정을 지었다. 기준이 정확히 제시되어 있지 않았기 때문에 의문을 품을 수밖에 없었다.

"…마지막으로 최하급 10명. 강철민, 김예나, 신우환, 조시한, 장진주. 신지수, 김한우, 이사랑, 구은지, 최지훈. 이상이다."

"휴우."

"어째서……?"

최하급으로 배정된 10명은 세상을 다 잃은 표정을 지었다. 아직 본격적인 것은 하나도 시작하지 않았는데 말이다.

"자, 그럼 급별로 배정도 되었으니, 오늘 입학식은 여기서 마치도록 하겠습니다. 앞으로는 무조건 팀 단위로 행동하게 됩니다. 모두 각 팀별로 팀장을 뽑아주시기 바랍니다. 다음 평가는 모두가 초이스가 되고 난 이후에 이루어질 것입니다. 그때까지 모두 팀장의 말을 잘 따라주시길 바랍니다."

신수아의 발언에 각 팀별로 모이기 시작했다. 그리고 최하급팀은 처음에는 낙심했다가 최하급으로 뽑힌 인원들의 얼굴을 보고 다시 얼굴색이 살아나고 있었다.

"방금 전까지는 세상을 다 잃은 표정을 보이더니, 지금은 왜 그렇게 화색을 띄고 있는 것이지? 강철민?"

우주가 세상을 다 가진 듯 싱글벙글하게 웃고 있는 강철민을 보고 물었다. 강철민은 우주를 보고는 예전에 있었던 술집에서의 일을 떠올리고는 고개를 숙였다.

"너희들은 이렇게 생각하겠지. '최하급? 내가 최하급이라고?!' 그랬는데, 같은 팀원들의 얼굴을 보아하니 대부분이 아는 얼굴이라서 또 생각했겠지. '뭐야, 최하급이라고 이름 붙여놓고 대기업 자제들만 모아놨잖아? 특별전형이구나' 그렇게 생각하고 있겠지?"

우주의 말에 강철민이 뜨끔했다. 정확히 그렇게 생각했기 때문이다. 아니라면 왜 그들을 한곳에 모아두었겠는가? 거기다 우주랑 친한 김예나까지 있는것을 보고 특별

한 사람들이 모인 곳이라고 확신했다.

"먼저 한가지 말하지. 너희들은 전혀 특별하지 않다. 오히려 특별한 것은 저기 있는 초이스들이겠지. 자만하지 마라. 너희들의 마인드는 분명 이곳에서 최하급 판정을 받았다. 그 마인드를 뜯어 고치지 않는 이상, 너희들은 초이스가 되기 전에 죽는다."

섬뜩할 만큼 차가운 우주의 말투에 김예나는 어금니를 꽉 깨물었다. 사실 우주가 조금은 편의를 봐주지 않을까하고 기대했다. 멍청한 생각이었다. 초이스가 된다는 것은 삶이 전쟁이 되는 것이다. 그런데 다른 사람한테 기댈 생각이나 했다. 한심했다.

"너희가 제일 먼저 할 일은 팀장을 정하는 것이다. 방법은 알아서 하도록. 그럼 내일은 정신상태가 조금은 고쳐졌기를 바라지."

우주는 그렇게 말하고는 뒤도 돌아보지 않고 멀어졌다.

예나는 우주의 뒷모습을 보면서 입술을 깨물었다. 이런 말은 최하급팀 뿐만 아니라 다른 팀에서도 하고 있었다.

일반인 상급팀을 맡은 신수아는 너희들이 저항을 하지 못한것 자체가 최하급과 다를 바 없다고 이야기를 하고 있었다.

일반인 중급 팀을 맡게 된 강용기는 용기가 없어서 하늘로 떠오른 거라고 용기를 가지라고 소리치고 있었다. 일반인 하급팀을 맡은 하태우 역시 낮게 깔린 목소리로 중얼거렸다. 상급이 되지 못하면 죽을 거라고 말이다.

한편 초이스 팀을 맡은 권창우와 남궁민, 손민수는 상, 중, 하로 나뉜 초이스들을 보면서 말했다.

"너희들은 일반인들과 다르게 이미 몬스터를 처치해 본 경험이 모두 있을 것이다. 그런 너희를 왜 이렇게 상, 중, 하급으로 나누었는지 궁금하겠지. 그리고 나누는 기준이 매우 주관적이라는 것도 불만이 있을 것이다. 사실 지금은 크게 등급이 상관이 없다. 다만 조금이라도 죽을 확률을 줄이기 위해서 이렇게 등급을 나눈 것이다."

죽음이라는 말에 초이스들의 눈빛이 숙연해졌다. 쉽게 초이스가 된 사람들도 있겠지만 몇몇의 경우는 죽음의 위기에서 벗어나 가까스로 초이스가 된 경우도 있었기 때문이다.

"너희도 일단 기본적인 교육은 받아야 한다. 우리 아카데미는 초이스들이 꼭 숙지하고 있어야 할 것들을 가르쳐 주니까, 너무 실전 위주의 강의가 아니라고 뭐라 하지 말도록. 나중에 가면 죽고 싶을 정도로 실전을 경험하게 될 테니까 말이야."

권창우가 말했다. 30명의 초이스들은 묵묵히 고개를 끄덕일 뿐이었다.

"아, 그리고 너희도 각 팀마다 팀장을 정해라. 기본적인

전달사항은 팀장을 통해서 전달하도록 하겠다. 팀장은 정해지면 나한테 오도록."

권창우가 그렇게 말하고 초이스들한테서 물러났다. 한마디로 빨리 팀장을 정하라는 말이었다.

"상급팀 팀장으로 적설진님을 추천하겠습니다."

권창우가 물러나자마자 상급으로 이루어진 초이스에서 한 초이스가 말했다. 적설진의 무위를 직접 본 사람들이었기에 모두 동의하는 눈치였다. 적설진은 사람들이 자신을 지목하자 난처한 표정을 지었다.

자신은 관찰자이자 탐색가였다.

관찰자는 옆에서 지켜보는 것이 특기다. 무력은 이 중에서 자신이 가장 강할지 몰라도 자신은 이렇게 누군가들을 이끌 재목이 못 된다고 생각했다.

적설진은 잠시 생각하다가 같은 상급에 배정된 금발머리 수강생에게 시선을 주었다.

리더로 적절한 자였다. 권창우랑 마주칠 때, 유일하게 밀려나지 않은 자였다.

한번의 공격을 막은것으로 권창우는 그에게 상급 판정을 내렸다. 정확한 능력이 무엇인지는 모르나, 적설진이 지켜보았을 때 가장 리더에 적합했다.

금발의 초이스, 강태풍은 적설진이 자신을 쳐다보는 것을 느끼고는 물었다.

"뭡니까? 설마 저보고 팀장을 하라는 것은 아니지요?"

적설진은 묵묵히 고개를 끄덕였다. 그러자 당황한 것은 강태풍이었다.

"아니, 저 아세요? 제가 무슨 상급 팀의 리더를……."

강태풍은 어이가 없었다. 하지만 적설진의 무력을 익히 보았기에 적설진에게 존대를 했다.

"이 친구로 하지."

적설진은 강태풍의 말에도 불구하고 강태풍을 지목했다. 나머지 수강생들은 적설진의 말이니 따르기로 했다.

강태풍은 팔자에도 없는 팀장이 되었다고 한탄하면서 권창우에게 다가갔다.

나머지 중급과 하급의 팀장은 류시우랑 이설화였다. 아무래도 둘의 능력이 가장 특이하고 강해서 팀장으로 추대된 것 같았다.

둘은 '왜 적설진이 안 나오고 네가 나오냐'는 눈빛으로 강태풍을 바라보았다. 둘의 시선을 이해한 강태풍이 말했다.

"그런 눈으로 보지 마슈. 저분이 날 팀장으로 지목하셨으니까 말이요."

적설진이 팀장을 지목했다는 말에 류시우와 이설화가 살짝 놀란 눈빛으로 강태풍을 쳐다보았다. 고수가 인정한 리더라면 강태풍에게 무언가 있을것 같았기 때문이다. 둘의

시선을 느낀 강태풍이 조용히 중얼거렸다.

"에휴! 내 팔자야."

그렇게 셋이 권창우한테 다가가자 권창우가 셋의 얼굴을
보고 말했다.

"뭐야? 저 녀석이 안 나오고 왜 네가 나와?"

강태풍이 중얼거렸다.

"망할……."

세계주류의 제안

　한편, '초이스 아카데미'를 개관한 우주는 최하급 열명을 맡기로 결정했다. 그는 UN그룹 회장실 소파에 몸을 기대었다. 우주는 세계최초로 '초이스 아카데미'를 설립했다. 첫번째 목표를 달성한 것이나 다름없었다. 앞으로도 '초이스 아카데미'는 계속해서 운영될 테니까 말이다.

　우주는 아카데미생들이 수료할 때까지 스스로는 다른 일을 해야겠다고 생각했다. 그중 가장 기본이 되는것은 역시 술을 마시는 일이었다.

　이번 기회를 통해 스텟이 많으면 많을수록 좋다는 것을 알았기 때문이다.

그 다음으로 할 일은 바로 몬스터 소탕이었다.

"세계 각 국에서 감당하지 못할 몬스터들이 줄줄이 등장하고 있다고 합니다. 세계주류에서 회장님한테 도움을 요청했습니다."

우주가 상념에 빠졌을 때 권창우가 들어와서 말했다. 우주는 '세계주류'를 언급하는 권창우를 보고 고개를 갸우뚱했다.

"몬스터를 처리해 달라고 세계주류에서 부탁을 한다고?"

"아무래도 전 세계에 퍼져있는 회사다보니 그런것 같습니다."

우주는 세계주류에 대해서 생각을 했다. 술 마시기 대회를 통해서 금전적으로 도움을 많이 받긴 했다. 도움을 줄 이유는 충분했다.

"그러고 보니 세계주류의 회장은 누구지?"

세계적인 기업이라면 이름을 알만도 한데, 세계 주류의 회장에 대해서는 들어본 적이 없었다.

"알아보겠습니다."

권창우가 대답하자 우주가 고개를 끄덕였다.

"그건 그거고, 일단 도와준다고 답변하고 그쪽 회장이랑 이야기 좀 하자고 전해 줘."

"네. 알겠습니다."

세계주류. 만약 세계주류를 UN그룹에 포섭할 수만 있다면 우주의 능력에 엄청난 도움이 될 것이 자명했다.

전 세계에서 희귀한 술을 구할 수 있게 될 것이고, 그렇게 되면 우주의 스킬이 대폭으로 늘어날 것이다.

아직도 어떻게 스킬이 정해지는지는 잘 모르겠지만 어렴풋하게 술 이름과 관련이 있다는 것을 눈치채고 희귀한 술들을 찾고 있었다.

이번에 몬스터 도감을 보면서 세상에는 아직 우주가 모르는 무섭고 강한 몬스터들이 많았다. 그런 몬스터들에게서 사람들을 지켜내는 것은 아직 우주의 힘만으로는 무리일지도 몰랐다.

"그러니까 더 열심히 움직여야겠지."

움직이는 만큼 강해진다. 노력하는 만큼 보상이 따라온다. 위험이 따르는 만큼 보상이 주어진다.

물론, 우주의 경우에는 단지 술을 마시는 것만으로도 스텟이 올랐다. 남들보다 훨씬 적은 위험부담을 감수하며 빠르게 강해질 수 있었다.

그렇지만 실전감각도 중요했다. 스텟만 믿고 까불었다간 저 세상가기 십상이었다. 몬스터보다 더 무서운 것이 바로 우주와 같은 초이스들이었다. 아니, 인간들이 그 어떤 몬스터 보다 무서웠다.

시기와 질투. 자기가 갖지 못한것을 가졌다는 부러움.

지구의 모든 인간들 우주에게 이런 감정을 느끼고 있을 것이다.

"이런 감정은 쌓이면 쌓일수록 위험해진다."

어떻게 강해졌는가에 대해서 알아보려는 사람들이 있을 것이다. 아카데미에 입학한 초이스들을 동원해 달라는 사람도 있을 것이다. 수많은 요청이 들어올 것이고, 수많은 사람들이 우주를 알게 될 것이다.

"아무도 날 건들 수 없도록 강해지겠어."

그리고 어째서 이런 능력을 갖게 되었는지 꼭 밝혀내고 말 것이다.

* * *

"회장님. UN그룹 회장이 면담을 요청했습니다."

"박우주군이?"

"네."

주변이 온통 술병으로 가득한 방에 초로의 노인이 인자한 미소를 지으면서 술잔을 기울이고 있었다.

"그거 참 재미있구만."

"초이스계의 신성으로 떠오르고 있는 UN그룹 회장의 요청입니다. 거부할까요?"

노인의 앞에서 검은 양복을 차려 입은 남자가 말했다.

"한번 만나보고 싶긴 하네."

세계주류의 회장, 최주량이 오케이 사인을 내렸다. 세계주류 대외협력부장, 이운오가 고개를 끄덕였다.

"그럼 일정 잡아보도록 하겠습니다."

"그래."

최주량은 기주를 마시고 있었다. 그는 감회가 새로웠다. 이 술은 정말 마실 때마다 새로운 맛이 느껴졌다. 특히 마시면 마실수록 몸이 좋아지는 것이 느껴졌다. 대체 어떤 재료를 사용했는지 꼭 한번 물어보고 싶었다.

"술맛이 참 좋아."

* * *

"회장님, 일정이 잡혔습니다."

권창우가 회장실로 들어왔다. 기주를 보며 생각에 잠겨 있던 우주는 권창우의 목소리에 고개를 돌렸다.

"응? 언제로 잡혔는데?"

"이틀 뒤, 세계주류 서울 지사에서 보자고 하십니다."

"그렇게 빨리?"

한 기업의 회장을 만나는 자리였다. 날짜를 조정하는데 오래 걸릴 줄 알았는데, 빠르게 일정이 잡혔다. 아무래도 세계주류의 회장 또한 자신을 보고 싶어 하는것 같았다.

"제안은 저쪽에서 먼저 했으니까 저희가 꿀릴것은 없습니다만."

"아, 그게 문제가 아니라."

세계주류의 회장이 자신을 보고 싶어 하는 이유가 무엇일지 우주는 궁금했다. 술 마시기 대회로 세계주류라는 기업을 전 세계에 알려서? 그건 아닐 것이다.

"어쨌든 알겠다고 전해 줘."

지금부터 최하급팀을 맡은것을 제외하고 딱히 스케줄이 없던 우주는 오랜만에 가족들을 만나러 가야겠다고 생각했다.

본격적으로 세상에 모습을 드러냈기 때문에 위험 요소가 더 많아졌기 때문에 한번 찾아가 볼 필요성이 있었다.

"어디 가십니까?"

우주가 일어나서 나갈 채비를 하자 권창우가 물었다.

"아, 오랜만에 가족들도 보고 지예천도 볼까 하고."

"괜찮군요. 안부 전해주세요."

"그래."

* * *

"오빠!"

"아들!"

사택에 도착한 우주는 자신을 반기는 엄마와 동생을 보며 미소를 지었다. 언제나 한결같은 가족들이었다.

엄마와 동생의 뒤를 따라서 주방에서 앞치마를 두른 지예천이 나왔다.

"네가 왜 주방에서……?"

"하하. 어쩌다보니 그렇게 되었네요."

"아들. 예천군이 중화요리를 엄청 잘하더라고!"

중화요리를 하고 있었다는 말에 우주는 그제야 콧속으로 들어오는 맛있는 냄새를 맡을 수 있었다.

"기대할게."

우주가 지예천을 보고 말하자 지예천이 쓴 웃음을 지었다. 언제부턴가 자신은 경호원이 아니라 식모가 된것 같았다.

"네. 알겠습니다."

아직까지 우주네 가족을 위협하는 사람이 없다는 것은 좋은 일이었다. 우주는 여유로운 일상을 보내는 가족들을 보면서 마음이 편안해졌다.

[지예천 Lv.25]

스캔으로 파악한 지예천의 레벨은 꽤 상승해있었다. 그는 일상에 적응하면서도 수련을 게을리하지 않았다. 역시 경호원을 제대로 뽑았다고 생각하면서 우주는 소파에 앉았다.

"아버지는요?"

"일 나가셨지~"

박준우는 UN그룹의 회계팀으로 들어가서 일을 하고 있었다. 우주의 빽으로 들어간 것이나 다름없지만 일 하나는 원래 있던 직원들보다 훨씬 잘 했기에 그만큼의 대우를 받고 있었다.

주방에서 같이 요리를 하고 있던 아영이가 나와서 우주의 옆에 다소곳하게 앉았다.

"뭐야, 그 포즈는?"

"친애하는 오라버님. 소녀, 부탁이 있사옵니다."

아영이가 사극톤으로 읊조리며 우주에게 말했다.

우주는 아영이가 무엇을 부탁하려고 이렇게까지 하는지 궁금해졌다.

"뭔데?"

"소녀도 초이스가 되고 싶사옵니다."

"……."

초이스가 되고 싶다는 말에 우주가 침묵했다.

설마 아영이의 입에서 초이스라는 단어가 나올 줄은 상상도 못했기 때문이다.

우주는 반사적으로 주방에 있는 지예천을 쏘아봤다.

갑자기 느껴지는 살기에 반응해서 지예천이 슬며시 뒤를 돌아보았다. 그리고 우주의 서슬 퍼런 눈과 마주했다.

주방과 거실이 떨어져 있긴 했지만 지예천이 아영이가 한 말을 못 들을 리가 없었다.

재빨리 만들던 요리를 마무리하기 시작한 지예천은 완성된 요리를 가지고 거실로 왔다.

"회장님. 제가 말한거 아닙니다."

하긴 초이스에 대한 소식은 TV를 통해서도 충분히 접할 수 있었고 거기다 우주가 초이스를 양성할 수 있다는 사실이 이미 널리 퍼진 상태였다. 아영이도 초이스에 대해서 접할 길은 많았을 것이다.

"나도 초이스가 되고 싶어."

단호하게 거절해야만 했다. 초이스는 위험을 동반하게 되는 삶을 살아갈 수밖에 없다. 초이스가 되는 순간, 다시는 평범한 삶을 살 수 없게 된다는 말이었다. 가족들을 그런 곳으로 이끌 수는 없었다.

마음은 그렇게 생각하고 있었지만 머리는 만약 가족들이 초이스가 되는것을 가정하고 있었다.

아무래도 가족들이 초이스가 된다면 혹시나 있을 습격자들한테서 좀 더 수월하게 도망칠 수 있을 것이다. 아니, 초이스로서 강해진다면 걱정할 일이 없어질 수도 있었다.

우주가 고민하는 것 같아서 아영이가 조금 더 힘차게 어필하기 시작했다.

"나도 초이스가 되면⋯⋯!!"

"몬스터 한번이라도 만나 본 적, 있어?"

우주는 아영이가 몬스터를 상대하는 모습을 떠올리고는 고개를 저었다. 평화로운 일상에서 행복한 생활을 하고 있는 아이였다. 이런 아이를 죽음과 위험 속으로 집어넣을 수는 없었다.

"없어⋯⋯."

"흉측한 몬스터한테서 떨지 않고 서 있을 수 있어?"

우주의 말에 아영이가 머릿속으로 TV에 나왔던 몬스터들을 떠올렸다. 만약 그런 몬스터들이 눈앞에 나타난다면 움직일 수 있을까.

"서⋯⋯."

"회장님."

아영이가 대답하기 전에 지예천이 우주를 불렀다. 지예천의 옆에서 우주의 어머니인 이주영이 불안한 눈빛으로 우주를 바라보고 있었다.

"엄마. 어떻게 생각해? 아영이가 초이스가 되고 싶다는데?"

"⋯⋯."

이주영은 아무 말도 하지 못했다. 마음 같아서는 초이스에 대해서 뭐라고 하고 싶었지만 아들이 초이스라는데, 어

떻게 심하게 말할 수 있겠는가.

"엄마도 아무 말 못하는데, 아영아?"

"······."

분위기가 어색해졌다. 지예천이 내어온 음식이 식고 있는 것을 깨닫고 우주가 싱긋 웃었다.

"일단 먹자! 지예천의 요리 실력이 궁금하거든. 그리고 초이스에 대해서는 고민해볼게. 대신 만약 초이스가 된다면 엄마, 아빠, 아영이 모두가 초이스가 되어야 해."

"뭐어?!"

우주의 말에 아영이와 이주영이 놀란 눈으로 우주를 바라봤다.

"일단 먹자니깐."

우주가 젓가락을 들어서 지예천이 만들어 온 중화요리를 한 젓가락 집어 들었다.

"근데 이건 무슨 음식이야?"

* * *

지예천이 만든 음식을 맛있게 먹은 우주는 지예천을 따로 불렀다.

"얼마 전에 남궁가의 가주라는 자가 찾아왔더라고."

남궁이라는 이름이 나오자 지예천이 눈에 띄게 예민해지

는 것을 느끼면서 우주가 말을 이어나갔다.

"남궁민이 돌려보냈어. 아마 이 일로 중국무림협회에서 우리 그룹을 주시하겠지. 뭐, 그게 아니더라도 주시하겠지만. 이렇게 얘기하는 이유는 너무 걱정하지 말라는 거야. 그리고 또 보아하니 수련도 게을리 하지 않는것 같은데… 앞으로도 우리 가족들, 잘 부탁한다."

"감사합니다."

지예천이 묵묵히 고개를 숙였다.

남궁가의 비밀에 대해서 물어보지 않는 우주의 배려에 지예천은 다시 한번 마음속으로 감사인사를 했다.

우주는 그는 그런 지예천을 보고는 흐뭇한 미소를 지었다.

"그런데 가족들을 초이스로 만든다는 소리는 무슨 말이십니까?"

"아직까지 그럴 계획은 없어. 하지만 언젠가 위험이 닥치면 최후의 수단으로 생각하고는 있어."

초이스가 되면 혹시나 있을 위험에서 살아날 확률이 조금이라도 상승할 것이다. 최후의 수단이었다. 혹시나 있을 위험을 대비하는 것은 나쁜 일이 아니었다.

"알겠습니다."

우주의 생각이 그렇다면 그에 맞춰서 준비를 해놓는 것도 경호원의 일이었다. 아직까지는 문제가 없었지만 지예

천은 우주의 현재 입지에 대해서 아주 잘 알고 있었다. 어쩌면 조만간 가족들을 노리는 세력이 있을지도 모른다고 지예천은 생각했다.

"우주야?"

"아빠?"

밖에서 얘기 중이었던 우주와 지예천을 봤는지 이제 퇴근해서 집으로 들어온 박준우가 우주를 반겼다.

"오랜만이구나. 우주야. 아니지, 회장님이라고 불러야 되나?"

"하하. 어때요? 회사일은?"

"다들 괜찮은 직원들이더구나. 고맙다."

박준우의 진심 어린 감사인사에 우주가 당황했다. 아버지가 이런 말을 꺼내는 것은 오랜만이었다.

"아니에요. 당연히 해야 할 일이었는데요."

"녀석… 그나저나 얼른 들어가자구나."

"네."

우주는 오길 잘했다고 생각하면서 아버지의 등을 바라보았다. 많이 왜소해 보였다. '어릴 적 넓디넓었던 등판이 어느새 이렇게 작아 보이구나'라고 생각하면서 우주는 다시 한번 다짐했다.

'내 가족을 건드린다면…….'

그 후의 일은 생각도 하고 싶지 않았다.

＊　＊　＊

　세계 주류 회장과의 만남이 이루어지는 날이었다. 우주
는 편한 복장으로 권창우와 세계 주류의 서울 지부로 들어
섰다. 술을 사러 왔을 때와는 사뭇 다른 느낌이었다.

　"오셨습니까?"

　우주와 권창우가 들어가자 항상 우주를 반겨주던 매니저
가 우주를 맞이했다.

　"오늘은 저번이랑 좀 다르시네요?"

　당연했다. 그때는 그저 술 좀 잘 마실 줄 아는 일반인인
줄 알았으니까 말이다.

　"저희 VVIP시니까요."

　"아, 그래요?"

　VVIP라는 말은 언제 들어도 좋은것 같았다.

　우주는 매니저를 따라 들어갔다. 곧 문이 하나 나왔고 문
을 열고 들어가자 초로의 노인이 식탁 앞에 앉아 있었다.

　"모셔왔습니다."

　"오, 그래! 반갑네. 내가 세계주류의 회장일세."

　이렇게나 반겨 줄 거라고는 예상하지 못했기에 우주는
당황한 표정으로 권창우를 바라봤다.

　"안녕하십니까. UN그룹 회장직을 맡고 있는 박우주라

86

고 합니다."

"격식 차리기는, 편하게 대하게. 난 최주량이라고 하네. 오늘 자네를 보자고 한것은 술이나 한잔 하자고 불렀다네."

한잔하자는 말에 우주가 자리에 앉았다. 식탁 위에는 각종 안주와 기주가 놓여 있었다.

"호오, 기주네요."

설마 기주를 마시고 있을 줄은 몰랐다. 우주는 놀란 표정을 지었다. 실제로 상당히 놀랐다. 명품 술이 잔뜩 있을 거라고 생각했는데 기주를 마시고 있을 줄이야.

"정말 대단한 술이라고 생각하네, 이 술 말이야."

세계주류의 회장, 최주량이 기주를 극찬했다. 우주는 기주를 극찬하는 최주량을 보면서 '스캔'으로 최주량을 살피기 시작했다.

[최주량 Lv. 20]
*술의 대가

레벨이 20이었다. 초이스라고 생각하기엔 너무 늙은 모습이었다. 우주는 경계를 늦추지 않고 최주량의 말에 대답했다.

"과찬이십니다."

"허허. 이 친구. 아직 나를 믿지 못하는 것 같군."

역시 연륜은 아직 우주가 감당할 수 없었다. 최주량은 우주가 경계하고 있다는 것을 눈치채고 술잔에 기주를 따르기 시작했다.

"자네도 앉지 그래?"

"전 서 있는것이 편합니다."

권창우는 자기가 낄 자리가 아니라고 생각했는지 우주의 뒤에 서 있었다. 우주는 정말 최주량이 술이나 마시자고 부른 것인가 고민하면서 술잔을 받아들었다.

"일단 한잔 하지. 이런 술을 마실 수 있게 해줘서 고맙네."

서로 술잔을 부딪친 최주량과 우주가 기주를 한번에 입속으로 털어 넣었다. 확실히 기력이 약해진 노인한테는 약주의 역할을 하는 기주였다.

"저희 UN그룹에 제안을 하셨다고 들었습니다."

"거참, 술이나 한잔 하자고 했더니, 본론부터 이야기를 하는구먼. 보기와는 다르게 성격이 급하군."

우주는 정말 아쉬운 듯 기주를 다시 술잔에 따르는 최주량을 보면서 경계를 풀기로 했다.

"좋습니다. 까짓것, 술 마셔 드리겠습니다. 대신 기주는 제가 만든 술이니 저한테는 세계 주류의 술로 준비해주시죠."

마셔보지 않은 술이라면 스킬을 만들 수 있었기에 우주는 일부러 특별한 술을 주문했다. 세계 주류의 회장이라는 사람이 싸구려 술을 준비하지는 않았을 것이라는 계산 하에 이루어진 행동이었다.

"갑자기 변했구면? 좋아. 여기!"

"네. 회장님."

"준비해 온것, 꺼내도록."

"네. 알겠습니다."

이미 말이 오갔는지 밖에서 들어온 수행원이 회장의 지시에 따라서 준비해둔 술을 가지고 왔다.

"이 술은?"

푸른 병에 담겨있는 술의 정체를 모르는 우주가 물었고 최주량 회장이 별거 아니라는 듯 말했다.

"로얄 살루트 헌드레드 캐스크(Royal Salute Hundred Cask)라고 들어봤나?"

로얄 살루트는 헤네시가 마셔보라고 했던 술 중 하나였다. 이미 마셔본 술이기도 했는데 최주량 회장이 말한 술은 조금 특별한 술인 것 같았다.

"한정판?"

"한정판이라고는 하지만 요새는 릴리즈 넘버를 높여가면서 나오고 있는 녀석일세, 조금 특별한 것은 이 녀석의 릴리즈 넘버는 1이라는 것이지."

그 말은 즉, 첫번째 한정판으로 나왔던 술이라는 이야기였다. 숙성이 잘 된 옛날 술이라는 이야기였다. 거기다 희귀한 술이었다!

"'나중에 마실 일이 있으면 따야지'하고 가지고 있었는데 이런 날에 마셔야지 언제 마시겠어."

"값어치가 장난 아닐 텐데요?"

한정판으로 나오는 술은 그 가격이 상상을 초월한다. 우주는 그런 술을 서슴없이 권하는 최주량을 신기하게 바라보았다.

"술은 마시라고 만드는 것이지, 보관하거나 장식용으로 두라고 만드는 것이 아니라고 생각하는데. 자네는 아닌가 보군?"

"그럴 리가요."

술을 마셔야 스텟이 오른다. 그리고 새로운 술을 마시면 스킬이 생성된다. 이런 시스템의 혜택을 보고 있는 우주에게 이술 은는 꼭 마셔야만 하는 것이었다.

"그럼 한잔 받겠습니다."

"허허. 이제 제대로 즐겨볼 마음이 생겼나보구만."

최주량이 로얄 살루트를 따서 우주의 잔에 따라주었다. 금빛의 술이 반짝거렸다. 우주가 술을 받고 난 후에 같은 술을 최주량한테 따르려고 하자 최주량이 고개를 저었다.

"난 기주가 더 좋다네."

"아, 죄송합니다."

기주를 이렇게까지 신봉하는 이유가 무엇인지 정말로 궁금해지는 우주였다. 아무리 기를 이용해서 기를 북돋아 준다고 하지만 조금 혈액순환이 좋을 뿐이었다. 저렇게까지 기주를 좋아할 이유가 전혀 없었다.

그래도 술은 마셔야 했으니 최주량 회장한테 기주를 따라주고 잔을 부딪혔다.

"치얼스!"

"크으, 맛이 괜찮네요."

[알코올을 섭취하였습니다. 스텟이 1포인트 증가합니다.]

[새로운 알코올을 섭취하였습니다. ※패시브 스킬 '색다른 알코올'의 하위 스킬이 생성됩니다.]

*로얄 살루트 헌드레드 캐스크—100개 한정 나무통, 닌자들처럼 몸통과 나무통을 100번 바꿀 수 있다.

이번에도 엉뚱한 스킬이 탄생했다. 어떻게 보면 유용한 스킬이라고 생각할 수도 있지만 설마 이런 스킬이 나올 것이라고 예상하지 못했던 우주는 멍한 상태가 되어버릴 수밖에 없었다.

"기주 역시 먹을 때마다 몸이 좋아지는 느낌이 드는 술일세."

"그래서 계속 마시고 계신 겁니까? 몸이 좋아지는 것 같아서요?"

우주는 최주량 회장이 무엇을 걱정하고 있는지 대략적으로 눈치를 챌 수 있었다.

"그건 아닐세. 몸이 좋아지는 느낌이 좋다고 하면 이해하려나?"

최주량 회장의 말에 우주가 대답하려 하자, 최주량 회장이 말을 돌렸다.

"그건 그렇고, 우리가 제안한대로 전 세계에 퍼져있는 세계주류의 지점에 나타난 몬스터들을 처리해 줄 수 있겠는가?"

세계주류의 지점에 나타난 몬스터들이라는 말에 우주가 하려던 말을 멈추고 최주량 회장한테 물었다.

"세계주류 지점 근처에 집중적으로 몬스터들이 나타난다는 말씀이십니까?"

"그렇지? 자네도 이상하다고 생각하지?"

세계주류 근처에서만 몬스터들이 유달리 나타나는 이유가 있을 거라 생각했다. 우주는 최주량 회장한테 물어볼까 하다가 생각을 고쳐먹었다.

무슨 일이 있다면 직접 조사하면 된다. 굳이 세계 주류를

털 필요는 없었다. 스킬도 얻었고 더 이상 여기 있을 이유가 없어진 우주가 일어나려고 했다.

"제안은 받아들인 건가?"

"세계주류 근처의 몬스터를 소탕해준다면 세계주류 측에서는 저희 UN그룹에 어떤 것을 줄 수 있습니까?"

가는 것이 있으면 오는 것이 있어야 하지 않겠는가. 최주량 회장은 우주의 말에 물었다.

"무엇을 원하는가?"

돈을 원하면 돈을 주고, 자리를 원하면 자리를 주겠다. 이런 느낌이었다. 우주는 최주량 회장의 눈빛을 보고 씨익 웃었다.

"술."

우주의 대답에 최주량 회장은 살짝 충격 받은 얼굴로 우주를 바라보았다. 설마 술을 요구할 줄은 몰랐다는 표정이었다. 우주는 이 말만 남기고 권창우와 일어섰다.

"재미있지 않나? 술을 요구하다니, 대단한 녀석이야."

"회장님."

우주와 권창우가 나가고 최주량 회장의 뒤에 그의 경호실장이 모습을 드러내었다.

"괜찮아. 좋은 녀석이더군. 나랑 악연 같지는 않아."

"위험한 녀석입니다."

"호오. 천하의 경호실장이 겁을 먹을 정도란 말이지?"

세계주류, 회장 직속 경호실장 사이가는 고개를 저었다. 겁을 먹지는 않았지만 본능적으로 위협을 느꼈다. 박우주라는 인간은 괴물이었다.

　"어쨌든 제안은 받아들였어. 앞으로 기대가 되는구먼."

　최주량 회장은 식탁에 놓여 있는 기주를 잡아서 입으로 가져갔다.

　"최고야, 역시."

　최회장의 입술을 타고 기주가 한방울 흘러내렸다.

　최주량 회장의 제안을 받아들인 우주는 몬스터를 퇴치하기 전에 최하급팀을 불러 모았다. 아카데미에서 유일하게 우주가 신경 쓰는 팀이 바로 최하급팀이었다.

　"부르셨습니까."

　우주는 대표 격으로 나서는 신우환을 보고는 흥미로운 표정을 지었다. 최하급 반 사이에서 이미 서열정리가 끝난 것 같았다. 신우환은 그런 우주의 표정을 보고 어제를 회상했다.

＊　＊　＊

　"너희가 제일 먼저 할일은 팀장을 정하는 것이다. 방법은 알아서 하도록. 그럼 내일은 정신상태가 조금은 고쳐졌기를 바라지."

신우환은 팀장이라는 말에 반응했다. 아직 일반인인 신우환은 다른 초이스들이 능력을 아낌없이 발휘하는 것을 보고 빨리 초이스가 되고 싶었다. 그리고 팀장은 초이스가 가장 먼저 될 수 있을 것이라고 생각했다. 팀장을 해야겠다고 생각하던 찰나에 강철민이 말을 꺼냈다.

"팀장을 정하기 전에 모두 소개부터 하는것이 어때?"

우주가 가 버리고 제일 먼저 말을 꺼낸 것은 강철민이었다. 강철민은 최하급팀에 속한 사람들의 얼굴을 한명씩 바라보면서 다시 한번 꽤 거물들이 모였다는 사실을 깨달았다.

N그룹의 개망나니 후계자라고 알려져 있는 강철민의 말에 모두가 무의식적으로 고개를 끄덕였다.

"내 이름은 강철민이다."

강철민이 먼저 자기소개를 하자 강철민의 옆에 있던 예나가 인상을 찌푸렸다. 그래도 소개는 해야 했기 때문에 주변 사람들을 바라보고 말을 했다.

"안녕하세요. 김예나라고 합니다."

김예나의 소개에 모두가 김예나를 바라보았다. 김예나는 트레이닝복 차림이었는데도 불구하고 눈에 띄는 몸매와 미모를 가지고 있었기 때문이다.

"안녕하세요. 장진주라고 합니다."

김예나의 옆에 서 있던 장진주가 수줍은 미소를 지으면

서 소개를 했다.

"이사랑이에요."

사랑스러움을 온몸으로 표현하고 있는지 이사랑을 보면 왠지 모르게 활기가 넘치는것 같았다.

"구은지입니다."

최하급팀의 여자 중에 제일 털털해 보이는 여자였다. 긴 체인으로 되어 있는 가방을 들고 있는 것이 인상적이었다.

"신지수."

여자들 중에 신지수가 제일 말수가 적어보였다.

"안녕하세요. 신우환이라고 합니다."

여자들 소개가 끝나자 신우환이 먼저 소개를 했다. 그 뒤를 이어서 남자들이 소개를 이어갔다.

"최지훈이라고 합니다."

"김한우라고 합니다."

"조시한."

최지훈은 미남형 얼굴을 가지고 있는 남자였고, 김한우는 웃는 얼굴의 마른 몸을 가진 남자였다. 마지막으로 최하급팀에서 덩치가 제일 좋아 보이는 조시한까지 자기소개를 마쳤다.

"여자가 팀장이 되는것은 아무래도 무리겠죠?"

조시한이란 녀석이 먼저 여자들을 깡그리 무시했다.

'저러면 안 될 텐데……'

신우환이 조시한을 바라보면서 고개를 저었다. 하지만 어차피 경쟁자는 적으면 적을수록 좋았기에 자처해서 악역을 맡아준 조시한을 마음속으로 응원했다.

"지금 여자라고 무시하는 건가요?"

구은지가 허리에 손을 얹고 조시한에게 말했다. 어디든 구은지같은 여자가 한명쯤은 있었다. 신우환은 여기서 사이가 더 틀어지면 나중에 골치 아파질 것 같아서 중재를 하려고 했다. 그때, 조시한이 다시 말했다.

"그럴 리가요. 다만 아무래도 저희의 리더가 되는 사람은 다른 사람들보다 조금 더 믿음직해야 하지 않을까 생각했을 뿐입니다."

"그말은! 저희는 믿음직…….."

"그만해. 은지야."

구은지가 조시한의 말에 다시 소리치려고 하자 이사랑이 구은지를 말렸다.

둘은 원래 알고 있던 사이로 보였다. 초반부터 틀어져봤자 좋을것이 없다는 걸 알고 이사랑이 말했다.

"…좋아요. 그쪽들 뜻대로 하세요."

그쪽들이라는 말에 조시한이 뒤를 돌아보니 강철민, 신우환, 김한우, 최지훈이 조시한을 바라보고 있었다.

"하하. 뭐 어쨌든 이걸로 경쟁자가 다섯명이나 줄어들었네요."

"대신! 팀장은 남자들이 하셔도 되는데, 저희도 팀장을
뽑을 권리는 주셔야하지 않을까요?"

상황을 지켜보던 김예나가 말했다. 어차피 남자가 팀장
이 될 거라면 그 팀장은 여자들이 뽑고 싶었다.

"그걸 왜……."

"좋아요. 여자들도 최하급팀의 일원이지 않습니까. 조시
한씨."

조시한이 반대를 하려는 찰나에 신우환이 나섰다. 여자
들의 표만큼 팀장이 빨리 될 수 있는 길은 없었다. 여기서
싸울것도 아니었기에 여자들의 몰표만 받는다면 쉽게 팀
장이 될 수 있었다.

"찬성하지."

강철민도 찬성표를 던졌다. 강철민도 싸우지 않고 여자
들한테 잘 보여서 팀장이 되는것이 이득이라고 생각한 것
같았다.

그러자 묵묵히 있던 김한우와 최지훈도 여자들이 팀장을
뽑는 것에 찬성했다. 그러자 혼자 반대한 꼴이 된 조시한
이 김예나한테 이를 갈았다.

"기준은 어떤것이 되는 거죠? 여성분들이 팀장을 뽑는
기준이요."

최지훈이 스윗한 표정으로 물었다. 잘생긴 얼굴을 어필
하는 것 같아보였다. 신우환은 오히려 역효과를 부를 거라

생각했다.

"제일 잘하는 것이 무엇인지 한가지씩만 말씀해 주세요."

김예나의 발언에 남자들은 각자 자신이 무엇을 잘하는지 생각하기 시작했다. 스스로의 가치를 스스로 판단하라는 말이었다. 이런 질문이 가장 어려운 질문이었다.

"전, 잘생겼습니다."

최지훈의 발언에 여자들이 '풋.'하고 웃음을 터뜨렸다. 확실히 잘생기긴 했다. 그런데 잘생긴 거랑 팀장이랑은 전혀 관련이 없었다. 얼굴로 팀장을 뽑지는 않으니까 말이다.

"싸움."

조시한이 무표정한 얼굴로 말했다. 덩치도 좋고 확실히 싸움은 잘할것 같았다.

"먹는 거요."

다음으로 김한우가 말했다. 이름처럼 먹는것을 밝히는 김한우의 말에 여자들이 헛웃음을 터뜨렸다.

"계획이지."

이번에는 강철민이 말했다. 계획이 완벽하면 실패란 없다고 생각했기에 할 수 있는 말이었다. 강철민의 말에 여자들이 수긍을 하는 모습을 보이자 재빠르게 신우환이 중얼거렸다.

"책임감. 팀장이라면 팀이 무사히 살아남을 수 있도록 책임감을 가져야합니다."

신우환의 말에 모든 최하급팀 인원들이 신우환을 쳐다보았다. 확실히 팀장한테 필요한 것은 다른 것보다 팀원들을 먼저 생각하는 마음이었다.

"얼굴, 싸움, 먹는 것, 계획, 책임감 중에 한명을 고르라고 한다면 역시 전 책임감을 중요시 여기는 신우환을 팀장으로 추대하고 싶네요."

그때 이사랑이 먼저 운을 떼었다. 그러자 다른 여자들도 신우환을 주목했다.

적당했다. 딱히 뛰어나 보이지 않지만 책임감을 최우선적으로 생각한다고 말한 것으로 보아서는 다른 남자들 보다 훨씬 믿음이 갔다.

"흥, 입에 발린 소리하기는……."

강철민이 중얼거렸고 신우환이 미소 지었다.

저렇게 나오는 순간 N그룹의 개망나니는 팀장이 될 수 있는 작은 희망마저도 스스로 내친 것이다.

"저희 여자들은 신우환씨가 팀장이 되었으면 좋겠네요."

"모두가 찬성했어요."

장진주와 신지수가 남자들한테 통보를 하자 강철민의 얼굴이 일그러졌다.

반면에 신우환은 정중하게 고개를 숙였다.

"감사합니다."

고개를 숙인 신우환의 뒤에 서 있던 조시한이 주먹을 휘둘렀다. 조시한의 주먹을 본능적으로 피한 신우환이 조시한을 올려보았다.

"팀장님. 싸움도 좀 하시겠죠?"

팀장이 되려면 여자들의 인정과 남자들의 인정을 모두 받아야 했다. 책임감이 아무리 높아도 실질적으로 팀원들을 지킬 실력이 없다면 결국 팀장의 자리는 다시 공석이 될 것이라고 조시한은 예상했다.

"물론."

신우환의 주먹이 5개로 보이기 전까지는 말이다. 순식간에 다섯번의 타격음이 들렸다.

팀원들은 보기 좋게 뻗어버린 조시한을 볼 수 있었다.

이번에는 모두가 놀랐다. 곧 역시 초이스 아카데미는 아무나 들어올 수 있는 기관은 아니라고 생각했다.

"더 덤비실 분?"

승자의 여유로운 미소를 지으면서 신우환이 말했다.

* * *

이렇게 우주의 앞에서 태연하게 서 있을 수 있는것도 그런 점이 한몫 했다. 아니, 신우환은 지금 태연한 척을 하고 있었다.

'무슨 사람 눈빛이…….'

마치 먹잇감을 감상하는 듯 신우환의 요모조모를 뜯어보는 우주를 신우환이 미소를 지으면서 말했다.

"왜 그러시는지요?"

"아니, 꽤 제법이라서……."

[신우환 Lv. 20]

이렇게 우주의 눈빛을 태연한 척 버티고 있는 것이나, 내로라하는 그룹의 2세들 사이에서 팀장이라는 직책을 따낸 것이 훌륭했다.

거기다 아직 초이스가 된것도 아닌데 상당히 레벨이 높았다.

"감사합니다."

속으로는 굉장히 버거웠지만 칭찬이었기에 신우환은 감사인사를 했다. 눈앞에 있는 초이스들의 우상은 자신을 좋게 봐 준것 같았다.

"좋아. 다른 팀들과 다르게 너희는 아무런 지시를 받지 못했을 것이다. 지시를 내리겠다. 하급, 중급, 상급 팀이 받은 임무 너희가 모조리 해결해라. 해결하면 최하급팀의

두 명을 초이스로 만들어주겠다."

"알겠습니다."

신우환은 어려운 임무지만 해결하면 받게 될 보상을 듣고 마른침을 삼켰다. 일반부에서 초이스부로 이동할 수 있게 기회였다.

"참고로 난 하급, 중급, 상급팀에 받은 임무가 뭔지 몰라. 그걸 알아내는 것도 너희들 역량에 달렸어. 너도 알겠지만 콧대 높은 금수저들을 다루는 것 또한 팀장의 역량이다."

우주의 말에 신우환이 고개를 끄덕였다.

"그럼 가 봐."

"네. 꼭 임무를 달성하겠습니다."

우주는 최하급팀의 팀원들이 기다리는 곳으로 향하는 신우환을 지켜봤다. 권창우랑 약간 비슷한 면이 있는것 같았다.

신우환이 과연 살아남을 수 있을지 우주는 확신할 수 없었다. 우주가 구성한 초이스 아카데미를 수료 과정은 죽음을 항상 동반하기 때문이다.

* * *

전날 기본적인 팀의 생활방식과 생활일정, 교육일정 등

을 알려주었던 권창우가 다시 팀장들을 불러 모았다.

류시우, 이설화, 강태풍은 갑작스런 소집에 권창우만 멀뚱히 바라보고 있었다.

"임무를 하달한다."

"임무요?"

갑작스런 임무하달에 류시우, 이설화, 강태풍이 동시에 대답했다. 임무를 수행해야 한다는 말은 아직 듣지 못했기 때문이다.

"그래, 지금부터 초이스 상, 중, 하급팀은 팀 단위로 실전에 나선다."

"이렇게 바로요?"

"아직 이렇다. 할 교육도 안 받은것 같은데……."

실전에 나선다는 말에 당황한 류시우와 이설화가 중얼거리자 강태풍이 둘에게 눈치를 주었다. 자신들은 교육생이었다. 상관의 말에 복종해야하는 것이 당연했다.

"준비시키겠습니다."

"그래, 저녁까지 준비시켜. 너무 걱정마라. 상급팀은 솔직히 도움이 필요 없을 것 같고, 나머지 팀은 교관들이 따라붙으니까 말이야."

권창우의 말에 적설진의 무력을 떠올린 셋이 고개를 끄덕였다.

권창우의 방에서 나오자 이설화가 먼저 입을 열었다.

"그런데 무슨 일일까요?"

"여기 교육방식이 실전위주의 교육방식인가 보지."

서열상 류시우가 위였기에 자연스럽게 말을 놓기로 한 류시우는 강태풍을 바라보았다.

"태풍이형. 무슨 생각해요?"

"만약, 실전에서 그리핀같은 몬스터가 등장한다면?"

생각만 해도 아찔했다.

물론 저번과 다르게 이번에는 초이스들이 단체로 몰려다니는 거라서 크게 위협이 될 것 같지는 않았다.

"회장님도 같이 가시는 건가?"

"그럼 좋을 텐데……."

그리핀을 잡아 본 우주가 같이 임무를 수행해준다면 천군만마를 얻은 기분일 것이다.

"어쨌든 비상인 것 같으니 모두 준비 잘 해서 저녁에 보자."

강태풍의 말에 모두가 고개를 끄덕이고 헤어졌다.

권창우의 방에서 얼마 떨어지지 않은 상급팀의 방에 도착한 강태풍은 모두가 모여 있는것을 보고 의아했다.

"왜 다들 여기에 모여 있으신가요?"

"적설진님이 모여 있으시라 던데?"

역시, 대처가 빠르다고 생각하면서 강태풍이 말했다.

"저희 실전 투입된다고 합니다."

실전에 투입된다는 말을 했지만 동요하는 사람은 없었다. 이곳에 모여 있는 초이스들은 적설진과 강태풍을 필두로 8명이었다. 강태풍의 말을 들었지만 모두 침묵을 지키고 있었다.

"이상하게 상급팀에 배정된 사람들은 말수가 없는 것 같은데요. 뭐, 아직까지 서로를 경계하는 건 이해하는데 실전이라잖아요. 뭐라고 이야기 좀 해보시죠."

"언제 출발하지?"

항상 단도를 손질하고 있는 초이스가 말을 꺼냈다. 상급팀은 아직까지 서로 통성명조차 제대로 하지 않은 상황이었다. 다만 모두가 적설진의 말은 잘 따르고 있었다.

"저녁까지 준비하랍니다."

"촉박하군."

강태풍은 초장부터 반말을 하는 사내를 보고도 아무렇지 않은 듯 대답했다.

사내의 말에 옆에 있던 적설진이 잠시 사내가 손질하는 단도에 시선을 주었다가 입을 열었다.

"이번 실전에 팀장의 말을 무조건적으로 따라주길 부탁하겠다."

적설진의 의견에 이야기를 듣고만 있던 초이스들이 적설진을 향해 시선을 모았다. 강태풍은 대체 적설진이 무슨 자신감으로 저렇게 우리를 신뢰하는 것인지 이해할 수 없

다는 표정으로 적설진을 바라봤다.

사실 이곳에 상급팀으로 배정받았다는 것만으로 다들 한 가락하는 사람들이라는 말이었다. 그런데 어디서 굴러먹 다 온 녀석인지도 모르는 강태풍의 말을 무조건적으로 따라달라는 말은 억지였다.

"그건 좀 어려울 것 같은데……."

"만약 듣지 않는다면?"

당연히 반발이 생겼다. 적설진이 아무리 강하다 하더라 도 이곳에서 능력도 모르는 8명의 초이스들과 싸우게 되 면 이기기는 어려울 것이다.

"듣지 않는다면……."

적설진의 말에 주위의 공기가 싸늘해지기 시작하자 강태 풍이 한숨을 쉬었다.

"에효. 그만들 하시죠. 어떻게 아셨는지는 모르겠지만 제 초이스는 배치입니다. 적재적소에 사람을 배치하고 최 적의 능력을 발휘할 수 있게 하는것이 제 능력입니다. 이 번 실전투입에서 제 말을 따라주시면 단 한명의 희생자도 생기지 않을 겁니다."

능력을 공개하면서까지 강태풍이 중재를 하자 그제야 팀 원들이 납득했다는 듯 고개를 끄덕였다. 다른 건 몰라도 초이스의 능력만큼은 믿을 수 있었기 때문이다.

"찬성."

"그렇게 하도록 하지."

"마찬가지."

강태풍이 능력을 공개하자 다른 초이스들이 찬성표를 던졌다. 적설진은 양손을 들고 고개를 젓는 강태풍을 바라봤다. 확실히 배치라는 초이스가 어울리는 자였다.

"그럼 저녁까지 대기하시기 바랍니다."

*　　*　　*

"그런데 어떤 실전인가요?"

"몬스터 퇴치라고 하시던데?"

"몬스터 퇴치라……."

초이스들은 각자 몬스터를 한번씩 죽여 보았을 것이다. 그것이 어떤 상황이었는지는 몰라도 그렇게 좋은 경험은 아니었을 것이다. 류시우는 원래 초능력자였던 자신과 달리 일반인이 몬스터를 죽이려면 대체 어떤 상황에서 몬스터를 죽이게 되는 건지 상상도 하기 싫었다.

그리고 이곳에는 어쩌다 갑자기 몬스터를 죽이게 되어서 초이스가 된 사람들이 많이 밀집해 있었다.

"거, 팀장님. 최전방에 세워주시는 거지예?"

팔뚝이 우락부락한 사내가 흉흉한 눈빛으로 류시우를 보면서 얘기했다. 류시우는 묵묵히 고개를 끄덕였다.

상급팀의 초이스들이 침묵으로 일관했다면 이곳, 중급 팀은 수다를 떨기 좋아하는 초이스들로 이루어져 있었다.

"몬스터를 처리하는 거라면 언제든지 찬성이지예! 안 그렇소?"

"물론."

"전부 잡아 죽여야지."

조직 폭력배를 연상시키는 몇 사람을 보고는 류시우가 고개를 저었다. 왜 중급 팀이 저런 인원으로 구성되었는지 류시우는 알 수 없었다.

"아가리 좀 닥쳐."

"맞아. 되게 시끄럽네."

덩치 큰 조폭들이 한쪽에 몰려 있듯이 반대편에는 노출이 심한 옷을 입고 있는 여자들이 삼삼오오 앉아 있었다. 입이 상당히 험한 여자들이었다.

마치 조폭마누라를 보는것 같은 기분에 류시우는 한숨을 푹푹 내쉬었다.

중급 팀은 아무리 생각해도 조폭집단 같아보였다.

"팀장 오빠. 언제까지 준비하면 되는 거야?"

"저녁까지 준비하란다."

"뭐야, 되게 일찍 가네."

대통령 직속 초이스인 자신이 이런 곳에서 조폭들과 어울리고 있다는 사실을 알면 대통령이 참 좋아할 것 같았다.

"휴, 어쩔 수 없지…….."

류시우는 하급팀이 머물고 있는 숙소를 물끄러미 바라봤
다.

쾅!

하급팀 쪽에서 북 터지는 소리가 들렸다.

"확실히 상급과 중급보다 하급이 더 힘들겠군."

하급팀의 팀장, 이설화는 류시우가 지켜보고 있는 줄도
모르고 전력을 다해서 망할 팀원들을 두들겨 패고 있었다.

"저녁까지 준비하라면 준비할 것이지! 말이 많다!!"

"그, 그만……!"

"다 얼어붙어 버려!!"

노처녀 히스테리라도 부리는 것인지, 이설화의 목소리
가 모두에게 울려 퍼졌다.

아이스골렘

　우주는 미리 선발대로 길을 나섰다. 세계주류에서는 먼저 한국 안에 있는 지역들에 나타난 몬스터를 소탕해 달라고 UN그룹에 의뢰했다. 의뢰받은 지역은 한반도에 넓게 흩어져 있었다.

　그중에서도 일단 대전 지부와 강원도 일대에 나타난 몬스터를 먼저 처리해달라는 말에 우주는 가까운 강원도로 먼저 가기로 했다. 저녁이 되면 초이스 아카데미의 상, 중, 하급팀이 지원을 올 예정이었다.

　"굳이 우리한테 부탁을 할 정도면……."

　세계주류를 노리고 몬스터들이 나타난 것은 아닐 텐데

이상하게 몬스터가 세계주류의 지부들 근처로 몰려들고 있었다. 의구심이 들 정도로 말이다. 우주는 강원도로 가는 기차 안에서 눈을 감았다.

* * *

"너냐? 최초의 초이스가?"

"누구?"

온 몸이 붕 뜨는 느낌에 정신을 차린 우주는 희미한 형체가 자신을 쳐다보고 있는것을 볼 수 있었다.

"이야, 술 냄새가 아주 엄청난데? 이러니까 술 근처에 몬스터들이 꼬이는 거였네."

"무슨 소리지?"

모습도 제대로 안 보이는 형체의 말에 우주가 심각한 표정을 지었다. 상대는 자신이 알코올 초이스라는 것을 알고 있었다.

"잠깐 지구의 최초는 어떤 놈인가 싶어서 보러 왔던 거야. 최초와 시초는 상당히 중요한 역할이거든. 근데 생각해보니 지금은 아무것도 모를것 같아서 이만 갈게. 아, 그리고 조심하는 게 좋을 걸? 그리핀처럼 만만하지 않을 거야, 이번 녀석은."

우주는 자기 할 말만 하고 점점 사라져가는 인영을 보고

소리쳤다.

"누구냐고 묻잖아!"

"나중에 알게 될 거야~"

* * *

번쩍.

눈을 뜬 우주는 기차 안에서 잠이 들었다는 것을 깨닫고 주위를 둘러보았다. 꿈에서 본 형체는 보이지 않았다.

"꿈?"

초이스가 되고 난 후에 처음 꾼 꿈이었다. 꿈에서 깬 우주는 꿈을 회상했다. 일반적인 꿈은 확실히 아니었다. 녀석은 자신이 알코올과 관련된 초이스라는 것을 단번에 알아보았다.

근처에 초이스가 있는지 '스캔'을 이용해서 둘러보았지만 잡히는 것은 없었다.

—다음 역은 태백역, 태백역입니다.

잠깐 잠든것 같은데 시간이 벌써 꽤 흐른것을 깨닫고 우주는 태백역에서 내렸다. 강원도에 도착한 것이다. 처음에는 차를 끌고 오려고 했다.

하지만 선발대로 혼자 출발하기도 했고 후발대가 차를 끌 예정이어서 기차를 이용하기로 한 것이다.

초이스가 왕성히 활동을 하더라도 세상은 달라진 것이 별로 없었다. 아직은 과도기였다. 몬스터 대적용 무기도 개발하고 있고 안전에 민감한 사람들의 심리 때문에 호신용 무기도 개발이 되었다.

검도장과 태권도장, 유도장 등 자신의 몸을 보호하기 위해서 훈련을 받는 사람들이 많아지는 추세였다.

"그래봤자, 몬스터가 나타나면 초이스가 아닌 이상……."

대부분 죽는다. 희박한 확률로 몬스터를 죽여서 초이스가 된 이들도 있겠지만 요행이었다. 인간일 때 무공을 익혀서 강해지지 않은 이상, 일반인이 몬스터를 상대할 방법은 아직까지는 없었다.

"아, 단체는 경우에 따라선 가능하겠구나."

몬스터들이 등장한지 얼마 되지 않았을 때의 일이다.

경찰 측에서 특공대를 배치해서 게이트를 통해서 나오는 몬스터를 사살하려고 노력한 적이 있었다.

총이라는 현대식 무기는 특수하게 개발된 총이 아닌 이상 몬스터한테 먹히지 않았다. 저번에 우주가 다섯 직원을 구하러 갔을 때 보았던 슬라임들만 해도 총알을 다 튕겨내는 놈들이었다. 결국 다른 곳에 나타났던 슬라임은 권창우

의 활약으로 없앨 수 있었다.

슬라임 같은 특수 케이스가 아니라 오크 같은 몬스터는 기관총으로 벌집을 만들면 쓰러지기도 했다.

대포, 미사일 등의 무기로 세계 전역에서는 몬스터를 소탕하기 위해 여러 시도를 벌였지만 이상한 힘에 의해서 점점 현대식 무기는 통하지 않았다.

예를 들면 게이트를 보호하고 있는 베리어는 무슨 짓을 가해도 사라지게 할 수 없었다. 우주는 그렇게 현대의 무기에 대해서 생각하면서 태백역을 나섰다.

우주의 무기는 술병이었다. 기를 주입한 술병은 우주가 충분히 다루기 쉬운 무기가 되어주었다.

취권, 무당의 무공, 마법 등 우주가 익히고 있는 무술은 직까지 무기가 필요 없다.

"하지만……."

꿈에 등장한 형체가 말한 것이 마음에 걸렸다. 그리핀 같은 몬스터가 또 있음을 암시하는 말이었다. 만약 그렇다면 아카데미 교육생들의 실전투입을 미뤄야 할 수도 있었다.

"일단 정찰이 먼저겠지."

우주는 제운종을 펼쳐서 세계주류, 태백 지부로 향했다.

* * *

"으……."

세계주류, 태백 지부 지부장 이빛나는 몸을 떨었다. 굉장한 추위였다. 아무리 태백이 춥다고 하지만 지금은 이렇게까지 추운 계절이 아니었다.

"어째서… 나한테 이런 일이……."

서울 지부에 연락을 넣긴 했지만 답신을 받지 못했다.

세계주류 태백 지부가 점점 얼어붙고 있었기 때문이다.

중요한 것은 밖에서는 전혀 이런 사실을 모른다는 것이다. 안에서 부터 얼어붙기 시작했기 때문에 출구도 얼어붙어버렸다. 안에서 밖으로 나갈 수도 없게 된 것이다. 얼어붙고 있는 건물 한 곳에서 유난히 빛이 나는 곳을 바라보면서 이빛나가 중얼거렸다.

"게이트……."

태백 지부 전체가 게이트화 되고 있는 중이었다. 이빛나는 점점 더 추워지자 감고 있던 담요를 조금 더 힘차게 감았다. 그래도 다행인 것은 아직까지 게이트를 통해서 몬스터가 나오지는 않고 있다는 것이다.

티비를 통해서 몬스터의 모습을 많이 봐왔던 이빛나였기에 몬스터가 나오지 않은 것이 그래도 천운이라고 생각했다.

쿵. 쿵.

그때 태백 지부가 진동하기 시작했다.

어떤 거대한 물체가 게이트를 통해서 걸어 나오는 것 같았다. 이빛나는 덜덜 떨면서 게이트를 주시했다.

게이트를 통해 주먹으로 생각되는 물체가 밖으로 튀어나왔다. 푸른빛이 휘감긴 돌 같았다.

"괴물……."

이빛나는 이제 꼼짝없이 죽었다고 생각하고 눈을 감았다.

펑!!

그때, 세계주류, 태백 지부의 정문이 터져나갔다.

"게이트가 안에서부터?"

우주였다. 태백 지부에 들어온 우주는 오들오들 떨고 있는 이빛나를 발견하고 다가갔다.

"사, 살려주세요……."

우주는 이빛나를 일으켜주려다 느껴지는 한기에 몸을 틀었다.

피융.

한줄기 섬광이 우주를 스쳐지나갔다. 우주의 뒤에 박힌 것은 얼음조각이었다.

"골렘?"

거대한 주먹이 점점 가게로 나오려 하는 것을 보고 우주가 이빛나를 보고 말했다.

"죄송한데, 일어설 수 있으신가요? 출구, 이제 열렸는데 혹시 혼자서 가실 수 있겠어요?"

"네, 네."

다행히 정신은 있어보이는 이빛나의 상태에 우주가 안심하고 기주를 꺼내들었다.

"술독 한번 맞아보라고. 알코올 포이즌."

['알코올 포이즌'이 시전됩니다. 알코올이 독으로 변합니다.]

기주 안에 있는 술을 전부 독으로 만들어 버린 우주가 기주를 게이트의 입구를 향해서 던져 넣었다.

날아간 기주가 골렘의 주먹에 명중했다. 그러자 골렘이 괴성을 토해내었다.

─쿠오오……!

골렘의 주먹부분이 녹아내리고 있었다. 우주는 게이트 가까이 가서 태극권으로 골렘을 밀어 넣으려고 했다. 골렘의 주먹부분에 손을 대는 순간, 치밀어 오르는 한기에 우주는 기를 내뿜었다.

"그래, 평범한 골렘은 아니다. 이거지?"

골렘을 다시 게이트 안으로 밀어 넣은 우주가 게이트 속으로 들어갔다.

[아이스골렘의 대지에 입장하였습니다. 추위로 인해 모든 스텟이 일시적으로 10포인트 하락합니다.]

[최초로 아이스골렘의 대지에 입장하였습니다. 아이스골렘을 쓰러뜨릴 시 보상이 2배로 주어집니다.]

[*A급 게이트(아이스골렘의 대지)]
—얼음의 대지, 킹 아이스골렘이 서식하고 있다.
—킹 아이스골렘(0/1)과 아이스골렘 10기(0/10)를 쓰러뜨려라.
—보상 : ???
—실패시 패널티 : 동상, 마비.
'수락하시겠습니까? (Y/N)'

"능력치 하락?"

추위로 인한 능력치 하락이란 말에 우주가 전신에 기를 돌리기 시작했다. 춥다는 것이 느껴지지 않았는데도 불구하고 원상복귀가 되지 않은 것을 보니 아무래도 게이트 내부에서는 능력치 하락을 감수해야하는 것 같았다. Y를 누른 우주가 중얼거렸다.

"이러면 좀 문제가 많아지는데?"

아카데미 교육생들은 절대 이곳에 들여보낼 수 없었다.

안 그래도 낮은 능력치의 초이스들이 대부분인데 거기서

더 깎인다면 골렘의 주먹 한방에 저 세상으로 갈 수도 있었기 때문이다.

"태백 지부로 오라고 했으니… 오고 있겠지."

이렇게 된 이상 철저하게 아이스골렘의 약점과 특성들을 파악해야만 했다. 그래야 교육생들이 실전을 경험할 수 있었다.

"그나저나 쟤네가 일반 몬스터라고?"

우주가 게이트 안으로 억지로 집어넣은 아이스골렘의 머리위에 뜬 창을 본 우주가 놀라서 중얼거렸다.

['아이스골렘' Lv. 25]

한, 두놈이 아니었다. 최소 열 놈이상이었다. 골렘들이 움직이는 모습을 본 우주가 아이템창에서 기주를 꺼내서 한 모금 마셨다.

[알코올을 섭취하였습니다. 스텟 포인트가 1포인트 증가합니다.]

"알코올 분신술, 시전."

['알코올 분신술'이 발동합니다. 분신을 소환합니다.]

우주가 열명으로 불어났다. 그만큼 정신력이 빠른 속도로 줄어들기 시작했다. 최대한 빠른 시간 안에 승부를 봐야겠다고 마음먹었다. 우주는 얼음과 상극인 화의 기운을 온몸에 두르고 아이스골렘을 향해서 달려들었다.

"네 한기가 강한지, 내 화기가 강하지 어디 한번 붙어보자고."

알코올을 섭취하면서 우주의 내공은 더 이상 줄어들지 않았다. 가지고 있는 내공을 화기로 바꿔서 불주먹을 날리자 아이스골렘들도 주먹을 뻗었다.

불과 얼음주먹이 서로 부딪히자 수증기가 발생하기 시작했다. 그리고 이어지는 열기에 점점 골렘들이 녹아내리기 시작했다. 한기가 손을 침투하려고 부단히 노력했으나 우주의 화의 기운보다는 아직 약했다.

아이스골렘의 약점은 화의 기운이라고 생각한 우주가 생각보다 쉽게 승기를 잡을 수 있을것 같음을 느끼고 좀 더 힘을 끌어올리려 할 때였다.

"그런 인간 하나 못 이기는 거냐."

우주의 뒤편에 다른 아이스골렘보다 사이즈가 작은, 인간정도의 크기의 골렘이 나타났다.

"언제……?"

"너희 같은 부하, 필요 없다."

녀석의 말이 끝남과 동시에 광폭한 눈보라가 우주와 아이스골렘들을 덮쳤다. 3써클 마법, 실드를 시전해서 눈보라를 막아낸 우주는 점점 얼어붙는 실드를 보고 인상을 찌푸렸다.

어느새 다른 분신들은 전부 사라지고 남아 있지 않았다. 우주는 눈보라가 가라앉기를 기다렸다.

"인간치고는 대단하구나. 분신까지 활용할 줄 아는 인간은 오랜만이다. 마법사인가?"

특히 주의해야 할 몬스터가 바로 말을 하는 몬스터들이었다. 우주는 눈보라가 가라앉고 인간형 아이스골렘의 머리 위를 확인했다.

['킹 아이스골렘, 아인드' Lv.30]

우주와 레벨이 같았다. 동급의 상대를 만난 우주는 씨익 웃었다. 얼음한테 통할지는 모르겠지만 따지고 보면 얼음도 물이 얼어서 만들어진 결정체였다.

"통했으면 좋겠는데……."

우주가 하늘을 향해 손을 뻗었다. 킹 아이스골렘, 아인드는 우주의 손에 모이는 기운을 느끼고 흠칫거렸다.

"'윈드 오브 썬더'."

그리핀, 게르마눙의 주특기이자 광역기인 '윈드 오브 썬

124

더'가 우주의 손에서 다시 등장했다. 어느새 먹구름으로 뒤덮인 하늘에서 번쩍거리는 번개가 내려쳤다.

"크아악!!"

수(水)의 기운과 상극의 기운인 뇌전이 아인드의 몸속으로 침투하자 아인드가 비명을 질렀다. 그리핀의 스킬 한번에 이렇게 일방적으로 당하는 아인드를 보고 그리핀보다 아인드가 약한것이 아닌가 하는 생각까지 했다.

"크흐흐… 바람과 번개의 기운을 네놈이 다룰 줄이야. 내가 이렇게 끝날 것이라고 생각하지 마라."

[킹 아이스골렘, 아인드가 사라졌습니다. 게이트가 활성화됩니다. 보상을 획득합니다.]

"사라졌다?"

쓰러뜨린 줄 알았는데 사라졌다. 보상을 받기는 했는데 뭔가 찜찜했다. 우주는 아인드가 떨구고 간 보상을 확인하지도 않고 인벤토리에 집어넣고 게이트를 빠져 나왔다. 방금 이곳에 갇혀 있던 여자가 생각났기 때문이다.

* * *

이빛나는 우주덕분에 무사히 밖으로 탈출할 수 있었다.

일단 그녀가 가장 먼저 한 일은 신고를 한 것이다. 현재 우리나라는 초이스와 몬스터가 생겨나자 전담으로 몬스터를 상대할 수 있는 경찰조직을 따로 꾸려서 전국에 배치를 시킨 상태였다.

001번으로 전화를 하자 ARS가 연결되면서 이빛나의 휴대폰의 위치가 전송되어 전문 경찰팀이 출동했다. 몸이 녹기 시작하면서 긴장이 풀리자 이빛나는 정신을 잃고 쓰러져 버렸다.

"여기다!! 사람이 쓰러져 있다!!"

신고를 받고 도착한 경찰들은 게이트가 형성된 세계주류, 태백 지부를 포위하기 시작했다. 안에서 어떤 몬스터가 튀어나올지 모르기 때문이다.

이빛나는 경찰들이 부른 앰뷸런스에 실려서 병원으로 이송되었고 경찰들은 태백 지부를 주시하기 시작했다.

곧 게이트의 빛이 점점 희미해지자 경찰들은 긴장했다.

"뭐야? 경찰 불렀네?"

우주가 나오자 경찰들이 우주한테 레이저건을 들이밀었다. 온 몸에 빨간색 점이 찍힌 우주가 양손을 들어 보이면서 말했다.

"UN그룹 회장, 박우주라고 합니다. 안에 게이트는 활성화시켰으니, 몬스터가 나오지는 않을 것입니다."

우주가 몬스터인지 긴가민가하던 경찰들 중에 한명이 우

주를 알아보고 총을 내리라고 지시했다. 우주는 다가오는 자신을 알아본 경찰한테 목례를 한 후 자취를 감췄다.

"역시, 소문대로 뛰어나신 분이구나!"

우주는 근처 산맥으로 향했다. 아무래도 킹 아이스골렘이 사라지기만 한것이 마음에 걸렸다. 태백 지부에 게이트가 갑자기 형성된 것도 그렇고 집안에서부터 게이트가 등장한 것까지 모든것이 의문투성이였다.

우주는 권창우한테 연락해서 모두를 산맥으로 데리고 오라고 지시했다.

＊　＊　＊

"대체 어디까지 가야하는 거야?"

"강원도 태백."

람보르기니와 벤츠, 제네시스까지 인원에 상, 중, 하급의 초이스를 태운 차가 고속도로를 달렸다. 초이스 교육생들은 이렇게 호화롭게 첫 실전을 나설 줄은 몰랐기에 신이 나있는 상태였다.

"분명히 얘기하지만 모두 놀러나가는 것이 아니라는 걸 명심해라."

손민수가 운전을 하면서 뒤에 타고 있는 교육생들한테 말했다. 대부분 초이스들이긴 하지만 이렇게 단체로 실전에 투입되는 것은 처음이었다. 조금 경계심을 가질 필요는 있었다.

거기다 우주의 말로는 일반 몬스터가 아닐것 같다고 했다. 위험한 상황이 닥치면 가장 우선시해야 하는것이 교육생들의 안전이었다.

특히 하급 초이스들의 관리를 맡은 손민수의 부담은 다른 팀들과는 달랐다. 솔직히 권창우나 남궁민은 손민수와 급을 비교할 수 없었다.

최근에 그리핀의 내단을 섭취하고 강해진 신수아보다 스스로가 약한 것 같다고 생각하는 손민수였다.

그렇게 생각하던 와중에 하급팀을 관리하라는 임무를 맡게 되어서 걱정이 태산이었다.

"팀장님. 그런데 저희 주 임무는 무엇인가요?"

호칭은 팀장으로 통일하기로 했다. 손민수의 옆자리에서 이설화가 물었다. 그녀는 하급팀의 수준을 훨씬 뛰어넘었다. 나머지 하급팀원들은 이설화에게 전혀 기를 펴지 못했다.

"상, 중, 하급 모두 주 임무는 몬스터 퇴치인데 분위기상 우리 하급 초이스팀은 후방을 맡을것 같은데?"

전방은 상급팀에서 권창우를 필두로 한 상급 초이스들이 맡기로 했고 중급 초이스들은 중간에서 상급 초이스들을 보조하는 역할을 하게 될 것이다.

하급 같은 경우가 제일 애매했다. 전면에 나설 수도 없는 후보 선수 같은 역할이 바로 하급 초이스들이었다. 물론 이설화를 제외하고 말이다.

손민수는 이설화가 왜 하급 초이스로 판정받았는지 이해할 수 없었다. 이설화 정도의 능력이라면 충분히 중급에 필적했는데도 불구하고 말이다.

"후방이군요……."

이설화의 반응으로 봐서는 그다지 마음에 들지 않는 눈치였다. 손민수는 그걸 알고 있었지만 아무 말도 하지 않았다. 어쩌면 이 점이 아직 이설화를 하급으로 두고 있는 것 일지도 몰랐다.

"후방도 전방 못지않을 만큼 중요하단 것을 알아두도록."

"네… 알겠습니다."

대답이 시원찮았지만 손민수는 더 이상 말하지 않았다.

어차피 겪어보지 않으면 쉽게 이해할 수 없을 것이다.

"거의 다 와 가는것 같군."

저 멀리 태백산맥이 보였다. 손민수는 앞서 달려가는 차들을 바라보면서 중얼거려다.

"태백은 춥군."

그때 권창우의 목소리가 모두에게 들려왔다.

"모두 전투 준비!!"

전투 준비란 말에 모든 초이스들이 긴장했다. 주위에 서리가 내리는 것을 보고 이설화가 적설진을 떠올렸다. 하지만 곧 아니라는 것을 깨달았다. 적설진의 한기는 이 정도가 아니었다.

쿠웅!

이설화는 땅속에서 울리는 진동에 반사적으로 손민수를 쳐다보았다. 손민수는 바닥에 귀를 대고 있었다.

"온다. 뛰어!!"

손민수의 지시에 하급 초이스들이 영문도 모르고 몸을 공중으로 띄웠다. 손민수와 하급 초이스들이 뛴 방향과 다른 방향에서 거대한 동체의 골렘이 떨어져 내렸다.

땅에 있던 외제차들이 전부 박살나는 장면을 눈으로 확인하면서 손민수가 주먹에 기를 모았다. 그리고 주먹을 뻗었다.

쾅!

골렘의 주먹과 격돌한 손민수는 주먹을 통해 침투하는 한기를 느꼈다.

그리고 골렘을 향해 달려 나온 이설화를 불렀다.

"이설화!"

"네. 걱정마세요! 저 정도는 얼려버릴……."

"안 통해!!"

"에?"

130

골렘의 다른 쪽 주먹이 이설화를 깔아뭉개려던 순간이었다.

쩡—

갑자기 골렘의 움직임이 멎었고 손민수는 그 찰나의 순간 이설화를 데리고 공격반경을 빠져나왔다. 류시우였다.

"잘 왔죠?"

적이 아이스골렘인 것을 깨달은 권창우가 류시우를 하급 초이스팀에 붙여준 것이다. 다른 하급 초이스들은 자신의 한 몸을 지키기 위해 필사적이었다.

보아하니 아이스골렘은 하나만 있는것이 아니었다. 사실 골렘 정도는 염력을 이용해서 몸을 구속한 뒤 상대하면 충분히 사냥을 할 수 있을것 같았다.

권창우가 지시한 것은 안정화였다. 얼마 떨어지지 않은 거리인데도 불구하고 따로 류시우까지 보낸것은 혹시 모를 일들을 방지하기 위해서였다. 그 선택은 적중했다.

류시우는 이설화가 정신을 못 차리는 것을 보고 손민수를 돌아봤다. 하급 초이스들은 아무래도 이번 전투에서 빠지는 것이 좋을것 같았다.

"실전을 통해서 강해지는 법."

염력으로 골렘들을 묶어두는 것도 한계가 있었다.

언제 정신을 차렸는지 하급 초이스 하나가 류시우가 멈춰놓은 골렘한테 달라붙었다.

"약하다고 무시하지 마라."

어떤 초이스의 말과 함께 그의 손에서 폭발이 터져 나왔다. 골렘의 꽝꽝 얼은 주먹이 폭발했다. 골렘의 팔이 날아가는 모습을 본 류시우가 폭발을 일으킨 초이스를 눈여겨보았다.

팔이 날아갔지만 골렘은 멈추지 않았다. 계속해서 공격을 시도하는 골렘의 사지를 그 초이스는 차례로 터뜨려 버렸다. 도저히 하급의 실력으로는 보이지 않았다.

류시우가 다가가자 그를 지그시 바라본 초이스가 중얼거렸다.

"젠장."

손민수는 방금 그 초이스의 능력을 보고는 하급 초이스를 넘어선 능력이라는 것을 깨달았다. 이설화도 그렇고 하급 초이스들은 이상하게 숨겨둔 한수가 있었다. 이쯤 되면 권창우가 이들을 하급으로 배정시킨 이유가 궁금해졌다.

"하급으로 분류한건, 무언가 한수가 있어서인가?"

권창우는 이 사실을 알면서 이들을 하급으로 배정한 것 같았다. 이유가 있을 거라라고 생각하면서 류시우가 폭발을 다루는 초이스한테 말을 꺼냈다.

"혹시……."

"노코멘트하겠다."

말을 꺼내기도 전에 싫은 티를 팍팍 내는 초이스의 대답

에 류시우는 알겠다는 모션을 취했다. 그리고 중급팀을 맡은 남궁민한테 보고를 하러 갔다. 이곳에서 도움을 주지 않아도 된다는 것을 깨달았기 때문이다.

류시우의 태도를 보고 폭발을 다루는 초이스, 백무환이 물었다.

"말할 건가?"

"무엇을?"

백무환은 자신이 하급팀에 배정을 받은것이 의도적이라고 생각했다. 이 정도의 능력이 있다면 배정이 다르게 될 수도 있었다. 그러자 류시우는 손민수를 눈짓했다.

이미 손민수가 봤다는 이야기였다. 보고를 하지 않아도 자동적으로 새어나갈 수밖에 없다는 이야기를 하는것이다.

무엇 때문에 실력을 숨기고 하급반에 배정받았는지는 모르겠지만 '과연 저들이 그걸 몰랐을까?'하는 의문을 류시우는 지울 수 없었다.

무언가 더 이야기하려던 백무환은 마침 하급팀 다른 초이스들을 진정시킨 손민수가 이쪽으로 다가오자 입을 다물었다.

"꽤 괜찮은 능력을 지녔군?"

"과찬입니다."

"그나저나 중급팀과 상급팀은 괜찮나?"

중급팀과 상급팀 역시 멀지 않은 곳에서 함께 태백으로 향했다. 손민수는 분명 아이스골렘의 공격을 받았을 것이라고 생각했다.

류시우는 손민수의 질문에 방금 전 있었던 전투를 떠올렸다. 확실히 상급과 하급은 차이가 큰것 같았다. 아니, 정확히 말하자면…….

"상급팀에 괴물이 있더라고요."

몬스터 퇴치

하급팀이 후방에서 아이스골렘의 공격을 받기 전, 상대적으로 앞에 있던 상급과 중급팀 역시 아이스골렘의 공격을 받았다.

이상한 점은 게이트가 근처에 있는것 같지도 않은데, 몬스터들이 갑자기 나왔다는 것이다.

하지만 그런 놀람도 잠시였다. 골렘이 등장한 것을 제일 먼저 안 권창우가 골렘과 주먹을 맞대자 골렘이 무너져 내렸다. 하지만 골렘은 한마리만 있는것이 아니었고 초이스 교육생들은 다른 골렘들이 덮쳤다.

권창우 다음으로 골렘에 반응한 것은 적설진이었다.

일반적으로 속성끼리는 어느 정도의 내성이 있기 마련인데 신기하게도 적설진은 아이스골렘을 얼려버렸다.

그래서 다른 골렘이 나타나더라도 정말 실전 연습처럼 싸워볼 수 있었다. 그러던 와중에 류시우는 권창우의 지시로 하급팀을 도와주러 온 것이다.

골렘을 얼려버리는 것을 보고 이설화도 가능한 일인지 그에게 물었다. 그는 불가능할 거라고 말했다.

"그나저나 회장님 말대로군."

권창우가 듣기로 우주는 사라진 킹 아이스골렘을 찾고 있다고 했다. 세계주류, 태백 지부에서 등장한 게이트에서 처치한 킹 아이스골렘이 사라졌다는 말에 산맥을 조사하던 중, 게이트를 하나 더 발견했다고 했다.

아마 두 게이트가 연결되어 있었고, 킹 아이스골렘이 태백 지부에 있던 게이트에서 우주한테 패하자 산맥의 게이트로 도피를 한 것 같다는 추측을 했다. 우주는 게이트로 들어가지 않고 앞에서 버텼다고 한다.

그렇게 아카데미 교육생들이 오기를 기다리면서 게이트를 지키고 있던 우주는 게이트 밖으로 아이스골렘이 나타나자 나오는 족족 아이스골렘을 처리했다고 한다.

지금도 우주는 권창우가 오기를 기다리면서 게이트를 지키고 있을 것이다. 그런데 지금 이렇게 게이트와 멀리 떨어진 곳에서 아이스골렘이 나타난 것이다.

"무슨 일이 있는 걸까?"

권창우는 빨리 게이트 가까이 가야겠다고 생각하면서 아이스골렘을 주먹으로 부숴버렸다.

*   *   *

킹 아이스골렘을 처치했는데도 '사라졌다'는 메시지가 뜨자 이를 이상하게 여긴 우주는 태백산맥을 이 잡듯이 뒤졌다. 그 결과, 활성화된 게이트를 하나 더 발견할 수 있었다.

"여긴?"

생각보다 외진 곳에 게이트가 활성화되어 있었다. 우주는 이번에는 혼자 무작정 게이트로 들어가지 않았다.

그리핀과 비슷한 능력을 가지고 있는 몬스터가 계속해서 등장을 한다고 하면 위험해 질수도 있었다.

혹시 모를 가능성이 있었기 때문에 미리미리 대비하는 것은 나쁜 생각이 아니었다. 우주는 아카데미 교육생들과 함께 올 권창우를 기다리기로 했다.

그렇게 권창우를 기다리던 우주는 게이트를 통해서 나오는 아이스골렘은 하나, 둘씩 처리해 나갔고 10기를 처리했을 때 일이 터졌다. 게이트가 진동하기 시작한 것이다.

"뭐야?"

[킹 아이스골렘의 울분이 게이트를 진동시킵니다. 킹 아이스골렘의 능력, 눈보라가 발동합니다.]

강한 눈보라가 불었다. 게이트에서 뭔가 쏜살같이 날아가는 것이 눈에 보였지만 우주는 움직일 수 없었다. 어마어마한 빙(氷)의 기운이 게이트로부터 뿜어져 나오고 있었기 때문이다. 인벤토리에서 기주를 꺼낸 우주는 기주의 뚜껑을 따서 한모금 마셨다.

[알코올을 섭취하였습니다. 스텟포인트가 1포인트 증가합니다.]
[알코올을 섭취하였습니다. 몸의 긴장 상태를 완화시킵니다.]

알코올이 전신을 돌자 우주의 눈빛이 점점 더 선명해졌다. 엄청난 한기에 몸을 움츠렸던 우주는 피려고 노력했다.
"인간, 대체 우리한테 무슨 악감정을 가지고 있는 것이지?!"
우주는 게이트가 점점 아인드의 형체를 갖춰가는 모습을 보고 중얼거렸다.

"너희한테 악감정은 없다. 다만 너희가 우리의 생존을 위협하기 때문에 우리는 어쩔 수 없이 너희를 처리할 수밖에 없다."

"그런 것인가. 하지만 이번에는 쉽게 지지 않을 것이다."

전에 싸웠던 모습과 다른것 같은 아인드의 모습에 우주는 확실히 끝을 낼 수 있는 스킬을 써야겠다고 생각했다. 아직 세계주류의 지부는 많았다.

첫번째 지부부터 이렇게 시간이 오래 걸린다면 다른 지부에 있는 몬스터를 퇴치하는데 곤란을 겪을 수도 있었다.

"하나만 묻지. 대체 왜 세계주류 안에서 게이트가 형성된 것이지?"

건물 내부에서부터 형성된 게이트는 아직까지 들어본 적이 없었다. 물론 게이트라는 것이 어디서 어떻게 생성될지 알 수 없었다.

하지만 세계주류 지부들마다 시급히 초이스들을 파견해야 할 정도로 게이트들이 연달아 생긴다는 것과 건물 내부에서 게이트가 생성되었다는 점이 이상했다.

마치 누가 세계주류를 일부러 노리고 게이트를 만들고 있는 것처럼 말이다.

"그건 마치 내가 왜 이곳에 있냐고 묻는것 같구나!! 그냥 죽어라!!"

아인드의 외침과 동시에 세차게 불어오던 눈보라가 눈의

칼날로 바꿔어버렸다. 우주는 쏟아지는 눈보라 속에서 중얼거렸다.

"스킬 '어얼리 타임즈' 시전."

[스킬 '어얼리 타임즈'가 시전됩니다.]

*어얼리 타임즈—쉬는 시간. 무엇을 하고 있던지 어떤 일이든 잠시 쉬게 할 수 있다.

어얼리 타임즈로 인해서 눈보라가 멈췄다.

우주는 게이트가 변환되어서 골렘이 된 아인드에게 다가갔다. 온몸이 얼어버릴 것 같은 한기도 멈췄는지 아인드에게 뿜어 나오지 않았다.

또한 아인드 역시 우주한테 왜 화를 내고 있었는지 잊어버린 듯 우주를 멍하니 바라보았다.

우주는 그런 아인드한테 손을 내밀었다. 어느새 아인드에게 아주 가까이 다가간 우주는 아인드의 가슴에 손을 대고 중얼거렸다.

"조니워커."

[스킬 '조니워커'가 시전됩니다. 상대방에게 졸음을 쏟아지게 만들고 기절할 정도의 충격을 줍니다.]

142

"으음. 네놈, 또 무슨 짓을… 크어억!!"

"너, 꽤 강할 텐데. 아무것도 못하면 그냥 그렇구나. 마지막이야. 윈드 오브 썬더."

[스킬 '윈드 오브 썬더'가 시전됩니다. 목표물에 번개를 내려칩니다.]

스킬의 연계로 우주는 아인드가 공격할 시간을 주지 않고 마지막 일격을 가했다.

태백 지부 게이트 안에서 아인드를 사라지게 만들었던 공격, 그리핀의 주특기. 바람의 기운을 동반한 번개가 아인드에게 내려 꽂혔다.

―"크아악!!"

"잘 가. 이제 보지 말자."

[킹 아이스골렘, 아인드를 소멸시켰습니다. 보상이 주어집니다.]

[아인드의 보상 상자를 획득합니다. 빙정을 획득합니다. 레벨이 올랐습니다.]

우주는 게이트가 완전히 닫혀버린 것을 보상을 확인했

다.

"빙정?"

[빙정](???)
─한빙의 기운이 담겨있다.

또 모르는 것이 등장했다. 이렇게 아직 몬스터와 초이스 그리고 시스템에 대해서 우주는 아직 많이 모르고 있었다. 우주는 빙정을 다시 인벤토리로 집어넣고 스마트폰을 꺼내들었다.

태백이 끝났으니 다음 지역으로 향해야 했다. 이거 의뢰를 잘못 받은것 같다고 생각하면서 우주는 제운종을 발휘해서 앞으로 뛰어나갔다.

* * *

한편, 우주의 지시로 일반인 상, 중, 하급의 임무를 모두 해결해야 하는 최하급팀은 신우환의 지시로 마음이 맞는 팀끼리 팀을 짜서 상, 중, 하급의 임무를 해결하기로 했다.

이번에는 전과 다르게 무턱대고 상급팀의 임무를 해결한다고 나서는 사람들은 없었다. 그러자 신우환이 나섰다.

상급팀 같은 경우는 인원이 더 필요할 수도 있으니 4명으

로 나머지는 3명씩 팀을 나누자고 의견을 제시한 것이다.

마음이 맞는 사람들끼리 팀을 이뤄야 임무도 수월하게 해결 할 수 있을 것이라 생각한 신우환은 마음에 드는 사람들끼리 팀을 짜보라고 했다.

하지만 곧 여자는 여자끼리 남자는 남자끼리 팀을 짜는 모습을 보고 적절하게 인원을 분배하기 시작했다.

"강철민, 김예나, 신우환, 신지수 이렇게 네명이 상급팀의 임무를 알아내서 해결해주고, 장진주, 김한우, 이사랑이 중급팀을, 구은지, 최지훈, 조시한이 하급팀을 맡아주면 좋겠어."

지금까지 조용히 있던 김예나가 강철민과 같은팀이 되자 신우환한테 어필을 했다.

"전 강철민씨랑은 같은 팀이 되기 싫습니다만."

"좋아, 강철민을 데리고 가거나 김예나와 팀을 바꾸고 싶은 사람?"

N그룹의 개망나니라고 불리는 강철민에 대해서는 다들 한번씩 들어봤기에 신우환의 말에 대답하는 사람은 아무도 없었다. 김예나는 지원자가 없는것을 보고 입을 다물었다.

마음에 들지 않아도 이런 상황에서는 같은 팀이 될 수밖에 없었다.

"나랑 같은팀이 되기가 그렇게 싫었나보지?"

"어."

김예나는 냉기를 풀풀 풍기면서 강철민의 말에 대답했다. 신우환은 둘의 모습을 보면서 상급팀의 임무를 해결하기까지 크고 작은 문제가 생길 수 있을거라 생각했다.

"자, 어쨌든 그럼 각자 정보 수집을 하고 임무를 먼저 해결할 수 있도록 노력해 주기를 바란다. 최우수 공로자에게는 시상이 있을 예정이다."

신우환의 말에 열명의 눈빛이 달라졌다. 시상에는 상품이 따라온다는 것을 알고 있었다. 아카데미 교육생에게 상은 곧 초이스가 된다는 의미였다.

"우리 잠깐 휴전하는건 어떨까?"

"좋아. 이번 임무만큼은 협조해야 할것 같네."

신우환은 시상이라는 말에 서로 협조하는 김예나와 강철민을 보면서 씨익 웃었다. 일부러 2명이라고 이야기 하지 않았다. 한명만 초이스가 될 수 있다는 것으로 알고 있으면 최우수 공로자가 되기 위해서 혼자서라도 열심히 임무를 해결하려고 하려고 노력할 테니까 말이다.

그렇게 팀을 나눈 신우환은 먼저 일반인 팀장급들과 안면을 익히려고 했다. 이상하게도 다른 세팀은 자주 모였는데 최하급팀은 항상 소외되는 것 같았기 때문이다.

"안녕하십니까. 최하급팀의 팀장을 맡게된 신우환이라고 합니다."

사람 좋아보이는 미소를 지으면서 신우환은 상, 중, 하급의 팀장들이 얘기하는 곳에 불쑥 나타나서 인사를 했다.

"뭐야?!"

"최하급팀 팀장?"

"무슨 일이지?"

신우환은 정중한 소개에도 불구하고 분위기가 냉랭해지자 상황이 이상하게 돌아가고 있다고 생각했다.

"하하, 다름이 아니라 저희도 다른 팀과 의견을 공유하고자……."

"할말 없소."

"회장님한테 물어보지 그래?"

신우환은 회장님이라는 말에 이들이 왜 이렇게 최하급팀을 냉대하는지에 대해서 눈치챌 수 있었다. 아무래도 우주에게 직접 지도를 받는 최하급팀을 시기하고 있는것이 분명했다.

상, 중, 하급의 팀장은 남자 두명과 여자 한명이었다.

사람은 양복을 멋들어지게 차려입은 신사였고, 다른 한 사람은 젊은 남자였다.

마지막으로 여자는 독사같은 눈빛을 가지고 있었다. 되도록이면 말을 섞고 싶지 않았다.

"자자, 왜들 그러십니까? 박 회장이 왜 저희를 맡았겠습니까. 노답 중의 노답. 그게 바로 저희 최하급팀입니다.

재네 봐요. 완전 금수저들만 잔뜩! 그러니까 최하급으로 판정이 났지. 그나마 제가 좀 다른 사람들보다 할 줄 아는 것이 많은 편이라 팀장이 됐습니다. 다들 임무 받으셨지 않습니까? 어려울 테고요. 둘보다는 셋, 셋보다는 넷이 더 도움이 되지 않을까요? 저도 임무를 하나 받았는데……."

신우환이 임무를 언급하자 신우환을 고깝게 보던 사람들의 눈빛이 조금 달라지기 시작했다. 신우환은 속으로 걸려들었다고 생각하면서 다시 말을 이어나갔다.

"상, 중, 하급팀의 팀장님들께서는 어떤 임무를 받았는지 여쭤 봐도 되겠습니까?"

싹싹한 신우환의 태도에 다른 사람들은 신우환을 믿어도 되는지 고민하는 것 같았다.

사실 세 사람이 모인것도 각자 맡은 임무를 어떻게 해결할지 의견을 듣기 위한 것이었다.

"좋네. 자네 말대로 둘보다는 셋, 셋보다는 넷이 머리를 쓴다면 좀 더 괜찮은 방안이 나오겠지."

"형님!"

"왕 오빠?"

이들의 리더가 양복을 입은 신사라는 것을 확인한 신우환이 다시 한번 사람 좋은 미소를 지었다.

"뭐, 얘기한다고 해도 달라질 것은 없지 않은가?"

"그렇긴 하지만……."

양복입은 신사, 상급팀의 팀장인 왕시운은 신우환한테 임무에 대해서 이야기하기 시작했다.

"우리가 받은 임무는 말일세."

누구나 초이스가 될 수 있을 줄 알았다. 하지만 실상은 그렇지 않았다. 상급, 중급, 하급 20명씩 배정받은 사람들 중 단 5명씩 총 15명만이 선택받았다.

그리고 임무를 해결하면서 그 공로에 따라서 순위가 매겨진다는 말을 팀장들은 듣게 되었다.

그렇게 각 팀원들한테 이 사실을 전달하자 분위기가 흉흉해졌다. 다들 아카데미가 기회의 장이라고 생각하고 들어온 사람들이었다. 그런 사람들이 초이스가 되지 못한다는 말을 들었으니 임무에 대해서 다들 예민할 수밖에 없었다.

"우리 모두에게 공통으로 주어진 임무는 '교육을 1등으로 수료하라'는 말뿐이었네."

"교육?"

초이스 팀과 다르게 일반인들은 실전에 투입될 수도 없었다. 그래서 내린 결론이 바로 우주가 준비한 아카데미 교육을 확실히 자기것으로 만든 사람들만 초이스가 될 수 있는 기회를 주기로 한 것이다.

"그렇군요."

"최하급팀이 받은 임무는 무엇인가?"

신우환은 조금 이상하다는 것을 느꼈다. 최하급팀이 받은 임무를 묻는것은 공통적인 임무 외에 각자 받은 팀별 임무가 따로 있다는 것이었다.

늙은 생강이 더 맵다고, 머리를 쓴것 같았다. 하지만 호락호락 넘어갈 신우환이 아니었다.

"에이~ 여기 계신 분들도 각자 따로 임무를 받은것 같은데 저만 밝히면 손해죠!"

신우환의 말에 왕시운의 눈빛이 진중해졌다. 그는 곧 피식 웃고 말했다.

"자, 이정도면 이 친구도 나름 머리가 좋은 것 같은데 이제 그만 눈치 보는게 어때?"

"네네, 왕 오빠 생각대로 이쪽도 멍청하진 않네요."

"뭐, 좋은게 좋은 거라고 생각해야죠."

신우환은 나머지 중급과 하급의 팀장의 말에 영문을 모르겠다는 듯 왕시운을 쳐다보았다.

"막내야. 시험을 좀 한 거란다. 과연 네가 우리와 어울릴 수 있는 수준인지 말이야."

하급팀 팀장, 오미나가 신우환에게 가까이 다가가면서 말했다.

"어허, 너무 그러지 말라고 아직 쟤한테 대답도 못 들었으니까 말이야."

중급팀 팀장, 최태수가 오미나를 지적했다.

갑자기 분위기가 바뀌자 신우환이 머리를 빠르게 돌렸다.

"방금 말했다시피 우리는 각 팀의 팀장이고, 꼭 초이스가 되길 원하는 사람들이다. 각 팀에서 초이스가 될 수 있는 사람은 다섯 명으로 한정이 되어 있지. 최하급팀에서 몇 명이나 차출할지 모르지만, 팀장인 우리가 초이스가 되어야하는 것은 당연하지 않겠어?"

왕시운의 말에 신우환은 그제야 상황파악을 했다. 이 사람들 또한 자신과 다를 바가 없는 사람들이었다.

"아아, 무슨 말인지 이해했습니다. 저 역시 그 의견에 동감합니다."

신우환의 말에 세 팀장이 미소 지었다.

"그럼 저한테도 정보를 좀 주시지 않겠습니까?"

사실 따지고 보면 정보전과 머리싸움이었다. 겉으로는 이렇게 합심을 했다고 하더라도 결국 초이스를 두고 다투게 된다면 모두 배신할 사람들이었다.

이해관계가 맞았기에 이렇게 뭉쳤을 뿐.

최대한 정보를 많이 확보하는 것이 지금 신우환이 할 수 있는 일이었다.

"그럼 최하급팀이 받은 임무와 우리가 받은 임무를 교환하도록 하지. 아, 추가적으로 이야기하자면 교육에 대한 것은 사실이야."

그렇게 신우환은 상, 중, 하급의 임무에 대한 정보를 들을 수 있게 되었다.

* * *

권창우한테 연락을 취한 우주는 근처까지 왔다는 말에 합류를 위해서 제운종을 사용해서 앞으로 나아갔다.

"그나저나 이건 어디에 사용하는 걸까?"

우주는 빙정을 다시 꺼내서 요리조리 살피고 있었다. 영롱한 푸른빛을 띠는 것이 마치 에메랄드 같았다. 몬스터를 잡았는데 이런 보석이 나왔다는 것을 알면 보석수집가들한테 비싸게 팔릴 것이 분명했다.

"와, 이거 어쩌면……."

현대의 판타지 소설에서 자주 나왔던 것인데, 막상 실제로 몬스터가 등장하니까 죽여 없앨 생각만 했지, 그 몬스터를 잡아서 무엇을 해야겠다고 생각한 적은 없었다.

하지만 세상은 넓고 사람들의 생각은 다양했다. 우주가 방금 한 생각을 누군가는 분명 했을 것이다.

"만약 그런 놈이 초이스가 되어서 몬스터를……."

상상만 해도 끔찍했다. 거기다 이런 보석까지 나온다는 사실을 알게 된다면 분명 난리가 날 것이다.

"일반 몬스터한테서도 이런 것이 나온다면?"

그렇게 생각을 거듭하면서 달리다보니 권창우와 일행들이 있는 곳에 우주는 도착할 수 있었다.

"오셨습니까?"

권창우가 우주를 제일 먼저 반겼다. 고개를 끄덕인 우주는 일단 주위를 살펴보았다. 다행히 큰 부상자나 사상자는 없는 듯 해보였다.

"무슨 일 있었나?"

"아이스골렘 몇 마리가 습격을 해왔습니다, 별로 피해는 입지 않았습니다."

"그래?"

일반 아이스골렘정도면 권창우 혼자서라도 한기(寒氣)만 조심하면 충분히 상대할 수 있을 것 같았다.

"아, 그리고 몬스터를 잡았는데 이런 것이 나왔습니다만."

"어?"

[빙정의 조각](노말)
―빙정의 조각이다.

빙정이 박살나서 조각이 된 것 같았다. 영롱한 빛은 그대로였다. 우주는 일반 몬스터한테서도 이런 아이템이 나온다는 것을 깨닫고 권창우한테 물었다.

"이걸 본 사람은?"

"네? 음… 아무래도 골렘을 잡은 사람한테 자동으로 주어지는 보상인 것 같은데요. 다른 팀에서도 골렘을 잡았으니까 아마 그 사람들 역시……."

권창우의 말에 얼마 지나지 않아서 전 세계적으로 몬스터를 잡으면 나오는 보석에 대한 정보가 퍼지게 될 것이라고 우주는 예상할 수 있었다.

"참 아무리 LTE시대라고는 하지만……."

"네? 그게 무슨 문제가 됩니까?"

권창우도 딱히 문제가 없다는 말투였다. 어쩌면 지금 세상은 프로게이머들한테 가장 유리한 세상일지도 몰랐다. 프로게이머 출신 초이스가 존재한다면 말이다.

"이건 나중에 얘기하고, 일단 대전으로 가자."

"하하. 그러고 싶어도……."

아이스골렘이 공격해오면서 외제차들이 모두 박살났다는 사실을 차마 말을 할 수 없었다. 권창우가 우주를 보면서 머쓱한 미소를 지었다.

주변에 차가 없는것을 본 우주가 한숨을 쉬었다. 돈은 충분히 많았지만 그래도 아까운 것은 아까운 것이다.

"쩝, 하는 수 없지."

우주가 도착한 것을 본 상, 중, 하급의 초이스들이 신경을 곤두세웠다. 우리나라 최고의 초이스의 전투장면을 직

접 볼 수 있을 수도 있었다.

우주는 이왕 이렇게 된 거, 여유롭게 생각하기로 했다. 그리고 뒤에서 자신을 향해 시선을 집중하고 있는 교육생들을 보고 소리쳤다.

"전 교육생은 들어라!!"

"옙!"

일반인이 아닌 초이스들이었기에 내공을 담은 우주의 목소리에 담긴 힘을 조금이나마 느낄 수 있었다.

"지금부터 대전까지 뛴다!!"

"……?!"

"아니, 회장……."

권창우가 말을 꺼내기 전에 우주가 선언했다.

"뒤쳐지지 않고 따라오는 놈은 나랑 같이 마켓 타워를 갈 기회를 주지."

마켓 타워에 우주랑 같이 간다는 말은 안에서 어떤 물품을 구입하게 해 준다는 말이나 다름없었다. 그냥 마켓 타워를 가지는 않을 테니까 말이다.

초이스들의 눈빛이 달라졌다. 우주가 제운종을 사용해서 앞으로 뛰어나가자 초이스들이 그 뒤를 추격했다. 권창우는 우주가 달려 나가는 모습을 보고 한숨을 쉬었다.

"응?"

그래도 손민수와 다섯 직원은 남아 있을 것이라고 생각

하고 주변을 돌아봤는데 권창우는 주변에 아무도 남아 있
지 않았다는 것을 깨달았다.

"이것들이……?"

생각해보니 자신도 초이스였다. 권창우 역시 발에 내공
을 불어넣으면서 제운종을 시전했다.

"질 순 없지."

* * *

"헉, 헉."

우주의 선언에 느닷없이 시작된 마라톤은 우주가 대전에
도착해서야 끝났다. 우주는 뒤에서 초이스들이 땅바닥에
뻗어 있는것을 보고 중얼거렸다.

"뒤처진 애들은 괜찮으려나?"

"수아한테 맡겼으니까 괜찮을 겁니다. 그보다 이건 좀
너무한것 아닙니까?"

다들 뻗어 있는 모습이 그렇게 좋아 보이진 않았다. 이제
곧 전투를 벌이게 될지도 모르는데, 이렇게까지 혹독하게
굴리는 것이 좋게 보이지 않았다.

"물론 네 말에도 동감해. 근데 어제 생각이 들었는데 우
리는 괜찮을지 몰라도 교육생들을 혹독하게 키우지 않으
면 전부 죽을것 같다는 생각이 들어서 말이지."

죽음을 언급하는 우주의 말에 권창우 역시 숙연해졌다.

듣기로는 킹 아이스골렘과 격전을 치렀다고 들었다. 그 싸움이 우주한테 심경의 변화를 가져온것 같다고 권창우는 생각했다.

그리고 보니 매번 들고 있던 술병을 우주가 들고 있지 않았다.

"회장님……."

"그래도 조금 심했던 건 인정. 후우… 나도 힘드네."

우주가 권창우한테 사과하면서 웃었다. 세계주류, 대전지부에 우주일행이 도착했다.

대전

대전에 도착한 우주 일행은 바로 세계주류 대전 지부로 향했다.

우주의 뒤를 무난하게 따라올 수 있었던 것은 권창우와 적설진이 전부였다.

"약속대로 둘은 마켓 타워에 갈 때 같이 가보자고."

"네."

신수아에게 연락을 취해놓은 권창우는 세계주류 대전 지부로 가기 전에 조금 안정을 취해야 할 필요성을 느꼈다.

후미에 있는 사람이 도착하고도 쉴 시간을 주어야 했기에 넉넉히 일정을 계획하기 시작했다.

태백에서 대전까지는 자동차로 3시간 반이나 걸리는 거리였다. 평범한 사람들에게는 이 거리를 달려서 온다는 자체가 완전 미친 짓이었다.

　권창우는 혹시 모를 일에 대비해서 UN그룹에 남아 있는 직원들에게 버스를 한대 빌려오라고 시켰고, 그러길 잘한 것 같다는 생각이 들었다.

　지금 신수아가 그 버스에 낙오자들을 한명씩 태우고 대전으로 오는 중이었다. 권창우의 안내로 우주와 적설진은 대전역 근처로 향했다. 남궁민은 이번 전투에 따라오지 않은 상황이었다.

　초이스 교육생들을 모두 데리고 전투를 치르러 가는 터라 일반인 교육생들을 총괄해서 봐줄 수 있는 자가 필요했다. 혹시 모를 위험에 대비해서 남궁민이 그 자리를 맡아 남게 된 거였다.

　"일단 좀 씻을까."

　아무래도 달려서 대전까지 왔기 때문에 먼지를 뒤집어쓴 것은 어쩔 수 없는 일이었다. 씻을 수 있는 곳을 찾던 중에 권창우가 '그라시아 사우나'라는 곳을 발견했다.

　"저기라도 갈까요?"

　그렇게 우주와 권창우, 적설진은 남자 셋이서 사우나를 가게 되었다.

　"이런 곳은 진짜 오랜만인 것 같네."

회장이 되고, 돈도 많아지니까 씀씀이가 커져서 이런 목욕탕을 이용하는 횟수가 확실히 줄었다. 뭐, 사실 이러저러한 일도 많았고, 목욕이나 즐기고 있을 시간이 없었다는 말이 더 알맞았다.

돈을 지불하고 목욕탕 안으로 들어간 셋은 먼지에 찌든 옷을 하나둘씩 벗기 시작했다. 생각해보니 옷 정도는 우주가 가진 마법으로 간단하게 깨끗이 할 수 있었다.

우주는 클린(Clean) 마법으로 옷을 깨끗하게 만들고 당당하게 사우나로 들어갔다.

셋 모두 다부진 체격에 오목조목한 근육들이 조화를 부리고 있었다. 그들은 곧 수건 한장과 타월을 가지고 사우나 안으로 들어갔다.

사우나 안으로 들어간 셋은 각자 씻는 방식에 따라 누구는 온탕에, 누구는 냉탕에, 누구는 바로 사우나로 들어갔다.

그리고 우주는 온탕에 들어온 케이스였다. 권창우는 사우나로, 적설진은 바로 냉탕으로 향했다.

'춥지도 않은가'하고 생각하다가 곧 우주는 따뜻한 물에 몸을 맡기고 눈을 감았다.

의식을 집중하자 그리핀과의 싸움, 킹 아이스골렘과의 싸움이 떠올랐다.

상대적으로 그리핀과의 싸움이 더 힘들게 느껴졌다. 왜

냐하면 모두가 힘을 합쳐서 싸우는 모습을 보여주었어야 했기 때문이다.

그에 비해 킹 아이스골렘 같은 경우는 그리핀을 쓰러뜨리고 얻은 스킬과 다른 스킬을 조합해서 아주 손쉽게 쓰러뜨릴 수 있었다. 우주는 이번 전투로 스킬의 중요성을 다시 한번 깨닫게 되었다.

그리고 빙정. 그 능력과 사용 용도는 모르겠으나 보석이라는 점만으로도 사람들을 홀리기 쉬웠다. 아마 그 쓰임새를 찾게 된다면, '세상은 초이스만 살아남을 수 있는 시대로 변하지 않을까'하는 생각이 들었다.

초이스 아카데미를 만들고 교육하기 위해서 여러 가지 책들을 사고 남은 포인트에, 싸우면서 술을 마셔서 얻은 포인트 그리고 레벨업을 하면서 얻은 포인트까지. 스텟 포인트는 총 70포인트가 남아 있었다.

전과 같이 스텟 포인트를 모으기 위해서 며칠 내내 술을 마시는 일은 더 이상 하지 않고 있었다. 새로운 술이면 또 모를까, 기존에 마셔왔던 술은 기주를 제외하고 마시지 않는 편이었다.

대전에도 역시 그리핀과 킹 아이스골렘 같은 몬스터가 있을 것이다. 소위 말하는 보스몹. 우주는 대전에 있는 보스몹은 권창우와 적설진에게 상대해보라고 할 예정이었다.

상급 초이스 중에서 독보적으로 두각을 나타내고 있는 적설진과 함께 싸우는 권창우의 모습은 충분히 볼만할 것 같았다. 우주는 감았던 눈을 떴다. 상념에 빠져들어서 시간 가는 줄도 모르고 온탕에 들어가 있었다.

뜨겁지는 않았다. 내공을 돌리지 않아도 초이스의 육체는 이제 목욕탕의 뜨거움마저 느끼지 못할 정도로 발달한 것 같았다. 고개를 돌리자 아직도 냉탕에서 폭포수를 맞고 있는 적설진이 눈에 들어왔다.

냉탕에서 서릿발같이 차가운 기운이 올라오는 것을 본 우주가 다시 고개를 돌리자 아직도 닫혀 있는 사우나 문이 보였다. 권창우랑 얘기도 할 겸 사우나에 들어가야겠다고 생각한 우주가 사우나의 문을 열었다.

문을 열자 뜨거운 바람이 우주의 전신을 덮쳐왔다. 우주는 사우나 안에서 열과 성을 다해서 사우나를 뜨겁게 만들고 있는 권창우를 보며 말했다.

"여기서 뭐 하냐?"

"한계에 도전 중입니다."

권창우는 우주가 들어왔음에도 아무런 표정변화도 없이 전신에서 땀을 배출하고 있었다. 우주는 늦게 들어왔지만 온탕에 있을 때와 달리 몸에서 땀이 흐르는 것을 느끼면서 권창우를 바라봤다.

아무래도 권창우가 극성으로 양의 기운으로 운공하고 있

는 것 같았다. 문득 재밌는 생각이 든 우주가 음의 기운을 끌어올려서 운공하기 시작했다. 우주가 가지고 있는 무공의 근원은 권창우로부터 유래되었다.

그렇기에 권창우가 할 수 있는 것이라면 우주도 할 수 있었다. 음과 양의 기운이 조화롭게 운공되자 사우나가 요동치기 시작했다. 그때였다.

"뭐 하십니까?"

순간 자신들이 무슨 짓을 하고 있었는지 깨닫고 운공을 멈춘 우주와 권창우가 적설진을 바라봤다. 잘못했으면 기가 넘쳐서 사우나가 터져나갈 뻔했다. 아주 적절한 타이밍에 나타난 적설진을 보고, 우주와 권창우는 적설진이 대단한 녀석이라는 것을 한번 더 실감했다.

오순도순 때까지 밀고 나오자 시간이 꽤 흘러 있었다. 신수아에게 연락해보니 다행히 교육생들을 모두 데리고 대전역 근처에서 대기 중이라고 했다. 우주는 이대로 바로 대전 지부로 밀고 들어갈까 생각했다. 하지만 밤도 깊어가고 일행들도 많이 피곤할 것이라는 권창우의 말에 다 같이 휴식을 즐기기로 했다.

우주 일행은 호텔을 예약해서 단체로 투숙하기로 했다. 사실 교육생들은 이 정도 대우를 받을 자격이 있었다. 그들이 초이스 아카데미에 들어오기 위해서 UN그룹에 쏟아부은 돈만 해도 이런 호텔은 하나 살 수 있을 정도일 것이

다.

　꿀같은 휴식시간을 가지게 되자 교육생들이 헤이해질 것을 염려한 권창우가 각 방의 방장들을 모았다.

　"호텔에서 사고 치면 퇴출. 내일 전투를 대비해서 몸을 푹 쉬게 할것. 시간 맞춰서 행동할 것. 이상."

　"네! 알겠습니다!!"

　오늘 우주와 함께 마라톤을 겪어본 초이스들이라서 그런지 기합이 바짝 들어가 있었다. 우주와 권창우, 심지어 적설진까지 괴물 같다고 생각하는 것 같았다.

　뭐, 덕분에 사고는 치지 않을 것 같다고 생각한 권창우도 휴식을 취했다. 며칠 만에 휴식을 취하는 것인지 모를 정도로 오랜만이었다.

　사실 권창우도 우주를 따라다니면서 쉰 날이 손에 꼽을 정도였다. 거기다 요즘은 권여정 때문에 걱정이 많은 권창우였다. 권여정은 남궁가의 가주를 데리고 왔는데도 불구하고 자기 마음대로 되지 않자 권창우에게 히스테리를 부렸다. 권창우는 금쪽같은 여동생이 안 좋은 길로 빠지는 것 같아서 초이스 아카데미 입학 추천서를 권여정에게 전해줬다.

　그게 화근이었을까. 당연히 초이스 아카데미로 들어올 줄 알았던 권여정은 쪽지 하나를 남기고 가출했다.

[이제, 나 찾지마.]

　그 이후 가출한 권여정은 지금까지 연락이 되지 않고 있었다. 사람을 동원해서 찾아볼까도 생각했지만 권창우는 권여정도 세상의 쓴맛을 겪어보기는 해야 한다고 생각하면서 일부러 찾지 않았다.

　그렇지만 걱정은 되었다. 밥은 잘 먹고 다니는지, 잠은 잘 자고 다니는지 굉장히 신경이 쓰였다.

　"그렇게 걱정되면 찾아보라니까 그러네. 아니면 우리 회사의 힘을 동원해도 좋다고 몇 번이나 얘기하잖아."

　언제 들어왔는지 한소리를 하며 권창우가 앉아 있던 소파 옆에 털썩 앉는 우주였다. 각자 방에서 휴식을 취하기로 했는데 잠이 오지 않아서 권창우와 맥주라도 한잔하려는 생각에 권창우의 방으로 넘어온 우주였다.

　우주 역시 권여정이 가출했다는 사실을 알고 있었다. 걱정되면 권창우에게 돈과 인력을 동원해서라도 찾아보라고 몇 번이나 얘기했지만 권창우는 우주의 말을 들을 생각이 없어 보였다.

　반면 우주는 권여정을 하나도 걱정하지 않고 있었다. 우주가 본 권여정은 어딜 가든 무슨 짓을 해서라도 잘 살고 말겠다는 의지를 가지고 있는 여자였다. 그렇기 때문에 우주는 권창우가 권여정 걱정을 좀 그만했으면 좋겠다고 생

각했다.

권창우 같은 인재가 동생한테 얽매여서 이렇게 쩔쩔 매고 있는 것이 신기했다. 물론 우주 역시 가족한테는 지극정성이라 사돈 남 말할 처지가 아니었지만 말이다.

"때 되면 돌아오겠죠."

"그래. 맥주나 한캔 할까?"

"좋죠."

술이란 것은 이럴 때 쓰라고 있는 것이다. 냉장고를 열어보니 종류별 세계맥주가 잔뜩 들어 있었다. 우주는 하이트 맥주 두캔을 들고 와서 권창우에게 던졌다.

"내일을 위해, 치얼스!"

"치얼스!"

* * *

다음 날, 우주는 권창우와 적설진만 대동하고 세계 주류 대전 지부를 방문했다. 대전 지부는 대전의 중심지에서 좀 떨어진 곳에 있었는데, 정말 몬스터가 습격하기 쉬운 자리라고 우주는 생각했다.

오죽하면 세계 주류를 습격하는 이유가 이렇게 각 지역의 외곽 쪽에 지어져 있어서일지도 모르겠다는 생각을 할 정도였다.

"안녕하세요."

대전 지부로 들어선 우주가 입구에서 인사를 했다.

"……."

감감무소식. 아무런 인기척이 느껴지지 않자 우주가 주위를 돌아봤다. 적설진과 권창우도 주변을 살피고 있는 듯했다.

매장에 진열된 술들이 멀쩡한 걸로 봐서는 크게 문제가 있었던 것 같지는 않았다. 그렇다면 왜 사람이 없는 것일까?

우주는 그 해답을 안쪽에 있는 사무실로 들어가기 전에 찾을 수 있었다.

[몬스터 출몰 지역. 주인은 도망감. 다들 빨리 도망치길 추천.]

떡하니 박혀 있는 팻말을 보고 우주는 대전 지부의 주인이 참 대단한 사람이라는 생각이 들었다. 몬스터들이 나타난 와중에 이곳을 나중에라도 방문할 사람들을 위해서 저렇게 팻말을 박아두는 솜씨라니.

이곳은 과연 어떤 몬스터가 있을지 궁금해지기 시작했다. 우주는 게이트 특유의 빛이 없는 것을 확인하고 대전 지부 안에는 일단 게이트가 없다고 단정 지었다.

"이상하네. 몬스터 출몰지역이라고 왜 붙여뒀을까? 몬스터가 바로 보이는 것도 아닌데 말이야."

이유가 있을 것이라 생각했다. 왜 몬스터가 출몰한다고 했을까?

스스슥.

우주가 그렇게 생각에 빠졌을 때, 우주의 귀에 무언가 기어가는 소리가 들렸다.

"밑이다!!"

우주의 발밑에서 뱀 한마리가 튀어올랐다. 송곳니를 들이대는 뱀을 손날로 베어버린 우주가 손을 털었다. 독이 아주 잔뜩 있는 녀석이었다.

"도망간다."

"네?"

"뛰라고. 잘못했다간……."

쩡—

우주와 권창우, 적설진 앞에 얼음벽이 나타났다. 나타난 얼음벽은 하나둘씩 기어나오는 뱀들을 막아주었다.

"그리핀에 골렘. 그 다음은 뱀이냐?"

독을 잔뜩 품은 뱀이었기에 우주는 혹시 모를 중독을 대비해서 도망가려고 했다. 그런데 권창우와 적설진은 크게 개의치 않는 모습이었다.

"너희 중독당해본 적 있어?"

"사천당가의 독에 비하면 세발의 피겠죠."

"전 딱히 문제될 것은 없습니다만."

이거 아무래도 괜히 독을 걱정한 것 같다고 생각하면서 우주가 태극신공을 운용하기 시작했다. 생각해보니 독을 그렇게 두려워할 필요가 없다는 것을 깨달았다.

그동안 의식적으로 마법을 많이 쓰지 않아서 까먹고 있었는데, 우주가 창조해낸 마법이라는 스킬은 정신력이 닿는 한도에서 다양한 마법을 사용할 수 있는 스킬이었다.

그리고 그 마법들 중에는 독을 해독할 수 있는 큐어라는 마법도 있었다.

"근데, 여기 아무래도 본거지는 아닌 것 같지?"

"그렇긴 하네요."

게이트에서 새어나오는 빛도 보이지 않았고, 무엇보다 평소 같았으면 떴을 메시지가 전혀 보이지 않았다. 독을 품고 있는 뱀이면 일반인한테는 더욱 위험했다. 빨리 게이트를 찾아서 차단시켜야겠다고 생각한 우주가 권창우에게 말했다.

"지금 당장 초이스 교육생들 동원시켜서 게이트 찾아내라고 전해줘."

"네. 알겠습니다."

권창우가 폰을 꺼내는 것을 본 우주가 적설진과 함께 움직이기 시작했다. 전부터 생각했던 거지만 적설진의 경공

은 묘하게 제운종과 닮아 있었다. 점점 더 적설진의 능력이 무엇인지 궁금해지는 우주였다.

우주는 어디에 게이트가 나타났을지 생각하기 시작했다. 외곽지역에 기본적으로 게이트가 나타나는 듯했고, 신기하게도 세계주류의 지부에 몬스터들이 몰려들고 있었다. 분명 근처에 게이트가 있을 것이다. 우주는 그렇게 확신했다.

"뭐야. 왜 없어?"

하지만 세상만사 생각한대로 일이 풀리지는 않는다고, 우주와 적설진이 아무리 주위를 살펴봐도 게이트의 'ㄱ'자도 보이지 않았다.

"이상하군요."

적설진도 이상하다는 듯 인상을 찌푸렸다. 둘은 서로 인상을 찌푸린 채 마주보며 말했다.

"게이트가 하늘로 솟았나, 땅으로 꺼졌나……."

"회장님."

우주의 중얼거림에 적설진이 우주를 불렀다. 우주는 적설진의 부름에 중얼거렸던 말을 떠올리고 답했다.

"설마?"

"찾아보겠습니다."

혹시 모를 가능성을 염두에 둔 우주와 적설진이 땅 속을 확인하기 시작했다.

"하하. 등잔 밑이 어둡다더니."

"바로 밑에 있을 줄이야."

세계주류 대전 지부의 지하에 게이트가 만들어져 있었다. 그곳에서부터 뱀들이 기어나오고 있었던 것이다. 연락을 받은 권창우도 다시 대전 지부 앞에 도착했다. 아까보다 많은 뱀들이 득실거리고 있었다.

"이거 그냥 폭파시켜버리면 안 되나?"

"안 되겠지."

결국 꿈틀거리는 뱀들을 하나하나 잡아야 한다는 말이었다. 독은 더 이상 두렵지 않지만 수많은 뱀들을 처리하는 것은 셋이서 하긴 힘든 일이었다.

"하나하나 베어나가다 보면 어떻게든 되겠죠."

권창우가 오랜만에 허리춤에서 검을 뽑아들었다. 우주는 검 대신 마법을 사용하기로 했다. 불 계열 마법을 사용하기로 마음먹은 우주는 주변에 파이어 볼과 파이어 에로우를 띄운 채로 대전 지부에 진입했다.

[스네이크 굴로 진입하셨습니다. 독 기운이 침투합니다. 체력이 소폭 하락합니다.]

[최초로 스네이크 굴에 입장하셨습니다. 스네이크 킹을 쓰러뜨릴시 보상이 2배로 주어집니다.]

[*B급 게이트 (스네이크 굴)]
—스네이크 킹(0/1)을 쓰러뜨려라.
—보상 : ???
—실패시 패널티 : 중독
'수락하시겠습니까? (Y/N)'

  게이트에 진입한 것만으로도 체력을 하락시킨다는 메시지에 세 명 모두 자신의 체력을 확인했다. 다행히 많이 떨어지지는 않았다는 것을 깨닫고, 권창우가 먼저 태극검법으로 뱀들을 하나둘씩 베어나가기 시작했다.

  "파이어 에로우(Fire Arrow)."

  우주도 질세라 불화살로 뱀들을 하나하나 학살하기 시작했다. 적설진에게 다가오는 뱀들은 이상하게 추욱 늘어지고 있었다.

  "일반 뱀들은 아무리 잡아도 소용없을 것 같은데……."

  메시지를 보아하니 스네이크 킹만 잡으면 게이트를 클리어할 수 있는 것 같았다. 아무래도 지하이다 보니 제일 밑의 공간에 킹 스네이크가 있을 것이라고 예상되었다. 셋은 계속해서 점점 더 밑으로 내려가기 시작했다.

  "확실히 독이 위험요소가 되지는 않는군."

  뱀들이 다가서기 전에 미리 베어버리고, 태워버리니까 독을 뿜어낼 시간이 없었다. 우주는 스네이크 킹 역시 딱히 어려운 상대가 아닐 거라 생각했다.

"근데 이놈은 대체 어디 있는 거야?"

아무리 내려가도 스네이크 킹이 나오지 않자 우주와 권
창우, 적설진은 점점 기운이 빠지는 것을 느꼈다.

"뭐야? 큐어(cure). 큐어(cure). 큐어(cure)."

이상함을 느낀 우주가 체력을 확인했고 중독 상태라 뜨
자 빠르게 치유마법을 펼쳤다. 권창우와 적설진에게도 큐
어 마법을 시전해주자 청량감을 느낀 둘이 우주를 바라보
았다.

"어느새 중독됐던데?"

"상태창 확인."

[박우주]	
LV : 34	나이 : 30세
직업 : 초이스(알코올 초이스)	
칭호 : 최초의 초이스, 기적을 일으킨 자.	
체력 : 1200/1500(+1000)	
정신력 : 2000/4000(+1000)	
힘 : 30(+10)	민첩 : 30(+10)
지능 : 50(+10)	행운 : 50(+20)
활기 : 23(+10)	끈기 : 30(+10)
외모 : 40(+10)	매력 : 40(+10)

스피드 : 30(+10)　　　체형 : 40(+10)
내공 : 70(+10)(뇌전 속성이 추가됨)
스텟 포인트 : 70

높았던 정신력이 반 토막 나 있었다. 계속 체력만 확인했는데 알고 보니 중독 당했을 때 정신력이 깎인 것 같았다. 스네이크 굴의 독이 정신력을 깎아내리는 독이라는 것을 깨달은 셋은 주변을 신중하게 탐색했다.

그때였다. 굴 내부가 진동하기 시작했다. 굴 내부에서 뱀들이 갑자기 엄청나게 쏟아져 나오자 우주가 파이어 월(Fire Wall)을 시전했다. 그러자 뱀들은 불나방처럼 불의 벽으로 스스로 들어와서 타죽기 시작했다.

"갑자기 왜 이러는 거지?"

"보스몬스터를 피해서 도망치는 거겠지."

어쩌면 스네이크 킹의 독을 일반 스네이크들이 감당할 수 없어서 도망치고 있는 중일 수도 있었다. 그리고 우주의 예상대로 메시지가 뜨기 시작했다.

[경고! 스네이크 킹이 나타났다. 주변이 독으로 잠식되기 시작합니다.]

[진행 상황 : 1%]

[주변이 독으로 완벽하게 잠식되기까지 남은 시간 : 9분

58초]

"제한 시간이라고?"

10분의 제한 시간 안에 스네이크 킹을 쓰러뜨리지 못하면 중독돼서 죽는다. 메시지는 그걸 의미하고 있었다. 마음이 급해졌다. 거대한 구렁이 한마리가 눈동자를 굴리고 있었다.

[스네이크 킹 Lv.35]

레벨이 무려 35나 되는 스네이크 킹의 혓바닥에서 보라색 액체가 떨어져 내렸다. 한방울 떨어진 액체는 땅에 닿는 즉시 땅을 녹이기 시작했다.

"저거 맞으면 바로 황천길이겠는데?"

꿀꺽—

늘 평정심을 유지했던 적설진이 스네이크 킹을 보고 마른침을 삼키는 소리가 들려왔다. 우주는 이렇게 여유부릴 시간이 없다는 것을 깨닫고 속전속결로 끝내기 위해 마법을 캐스팅하기 시작했다.

"파이어 스피어(Fire Spear)."

화르륵—

스네이크 굴을 밝히는 불의 창이 우주의 오른손에 잡혔

다. 스네이크 킹에게 창을 던지려던 우주를 적설진이 말렸다.

"회장님. 한번에 끝내야합니다."

"응?"

"권창우 본부장님이 태극검을 통해 시선을 끌어주세요. 그 후에 회장님께서 불의 창을 녀석의 입 안에 꽂아 넣어주시면……."

우주는 적설진이 무엇을 보고 이렇게까지 하는지 알 수 없었지만 적설진을 믿기로 했다. 정 시간이 없어서 죽을 것 같으면 가지고 있는 모든 스킬을 난사하는 방법도 있었다.

우주는 적설진을 믿고 권창우에게 먼저 나서라고 말했다. 권창우가 고개를 끄덕이고, 검을 들어서 태극혜검을 펼치기 시작했다. 태극 문양이 스네이크 킹의 시선을 끌기 시작했다.

우주는 권창우에게 시선을 빼앗긴 스네이크 킹을 향해서 몰래 접근하기 시작했다.

스르륵.

우주가 들고 있는 파이어 스피어의 열기 때문인지 우주가 움직이자 스네이크 킹이 반응했다. 우주는 파이어 스피어를 시전하고 있던 기를 풀어버렸다. 그러자 스네이크 킹의 시선이 다시 권창우를 주시하기 시작했다.

"아무래도 일반적인 방법은 어려울 것 같은데?"

그렇게 판단한 우주가 적설진을 돌아보자 긴박한 눈으로 권창우를 바라보고 있었다. 그 모습에 심상치 않음을 느낀 우주가 바로 스킬을 시전 했다.

"스킬 '스텔라' 시전."

['스텔라'를 시전합니다. 스텔스 모드로 기척을 모두 죽일 수 있게 됩니다.]

우주의 모습이 사라졌다. 투명해진 것에 이어서 기척까지 완전히 죽인 우주가 빠른 속도로 스네이크 킹 뒤로 돌아갔다.

[주변이 독으로 완벽하기 잠식되기까지 남은 시간 : 6분 12초]

시간을 한번 확인한 우주는 언제 스네이크 킹의 입속에 파이어 스피어를 꽂아 넣어야 하는지 타이밍을 재기 시작했다. 시간을 끌던 권창우는 우주가 사라진 것을 확인하고 식(式)만을 사용해서 스네이크 킹을 현혹하던 것을 멈추고 제대로 태극혜검을 펼쳤다.

태극문양에 기가 담기기 시작했다. 곧 태극이 스네이크

킹을 덮쳐갔다. 위험을 느낀 스네이크 킹 역시 입을 벌리면서 독을 토해내었다. 그리고 우주는 그때가 정확한 타이밍이라고 예측했다.

"죽어라! 파이어 스피어!!"

불의 창이 독을 뿜어내는 스네이크 킹의 목구멍으로 쏘아졌다.

퍼엉!

독과 불이 만나자 거대한 폭발이 일어났다.

[스네이크 킹을 쓰러뜨렸습니다. 독이 정화되기 시작합니다. 보상이 주어집니다. 레벨이 올랐습니다. 게이트가 활성화됩니다.]

* * *

우주는 폭발이 시작되는 것을 보자마자 기막과 실드를 동시에 펼쳤다. 하지만 그럼에도 불구하고 폭발의 여파에 휘말려서 저 멀리 튕겨나갔다. 권창우와 적설진이 걱정되었지만 지금은 자신을 살피기 급급했다.

"크흑."

[스네이크 킹을 쓰러뜨렸습니다. 독이 정화되기 시작합

니다. 보상이 주어집니다. 레벨이 올랐습니다. 게이트가 활성화됩니다.]

레벨이 올라서 체력과 정신력이 전부 풀로 차긴 했으나 통증은 그대로였다. 우주는 저릿저릿하는 몸을 힘겹게 일으켜서 주변을 살펴보았다.

권창우와 적설진 역시 저 멀리 널브러져 있었는데, 신색이 좋아보이지는 않았다.

"괜찮냐?"

"하하. 그럭저럭 살아 있는 것 같습니다."

"저도요."

우주가 누워 있는 둘을 보면서 씨익 웃었다.

"하하. 정말 꼴사납네. 미안하다. 폭발할 거라는 생각은 못했다."

우주가 미안하다고 사과하자 권창우와 적설진이 몸을 일으키면서 고개를 저었다.

"덕분에 쉽게 스네이크 킹을 처리할 수 있었던 것 같은데요?"

"그 폭발이 아니었으면 힘들었을 겁니다."

적설진의 반응에 우주가 적설진에게 단도직입적으로 물었다. 아까는 정말 급해 보여서 적설진의 말을 따랐다. 하지만 적설진이 제대로 된 확신을 줬다면 조금 더 그를 신

뢰할 수 있었을 것이다.

"적설진, 네 능력이 뭐냐? 무엇을 봤기에 평소에 멀쩡했던 네가 그렇게까지 급한 얼굴을 한 것이지?"

우주의 물음에 적설진의 표정이 진중해졌다.

"거울의 초이스, 적설진. 회장님께 인사드립니다."

> [적설진 LV : 30]
> 나이 : 28세
> 직업 : 초이스(거울의 초이스), 탐색가

거울의 초이스라는 말에 우주는 그래도 영문을 모르겠다는 얼굴로 적설진을 쳐다보았다. 거울은 말 그대로 비추는 것이다. 그런데 적설진이 이설화를 얼린 것이며, 뱀들이 적설진에게 다가가기도 전에 그 자리에서 죽어버린 것에 대해서 아직도 의문이 들었다.

"거울? 그럼 이설화를 얼린건?"

"거울에게는 한가지 좋은 기능이 있습니다. 바로 빛을 반사할 수 있는 능력이지요. 마찬가지입니다. 이설화의 능력을 되돌려주었고, 뱀들한테는 뱀들이 가진 독에 스스로 중독되도록 만들었습니다. 그냥 반사하는 것이 아니라 제 레벨에 맞춰서 조금 더 강해진 능력을 돌려준 것이죠."

적설진의 말에 우주가 고개를 끄덕였다. 일반 반사가 아니라 능력치를 더욱 올려서 돌려주는 거라면 견디기 힘들 것이다. 우주는 만약 적설진이 자신의 능력을 반사한다면 어떠한 일이 일어날지 궁금했다.

"그럼 스네이크 킹한테선 뭘 봤기에 그렇게 긴급하게 부탁한 거지?"

"보통은 거울을 보듯이 그 사람이 어떤 능력을 지녔는지 알 수 있습니다. 하지만 스네이크 킹에게서는 오로지 독이 되어서 녹아버리는 이미지밖에 떠오르지 않았습니다."

평소에 보던 것과 너무 다른 이미지를 보다 보니 다급해질 수밖에 없었다. 불안한 심정이 표정에 그대로 나타난 것 같았다. 평정심을 잃었다는 것을 알았지만 그보다는 살아남는 것이 더 중요했다.

"그랬군. 어쨌든 '상대 몬스터의 능력을 어느 정도 파악할 수 있다' 이 말이지?"

"네. 맞습니다."

우주는 적설진의 능력을 어떻게 써먹을지 고민하기 시작했다. 상대의 능력을 파악할 수 있고, 그 능력을 그대로 베낄 수 있는 능력. 어쩌면 지금 우주에게 가장 필요한 인재일 수도 있었다.

"자. 어쨌든 우리가 목표로 한 2건은 처리가 끝났으니, 교육생들한테는 미안하지만 돌아갈까?"

"네. 회장님."

그리핀 때처럼 킹 아이스골렘과 스네이크 킹 역시 보상 상자가 나왔다. 하지만 아직 우주는 열어보지 않은 상태였다. 또 아이스골렘을 잡았을 때 빙정이 나왔다면, 스네이크 킹을 잡으니 독정이라는 보랏빛을 띠는 보석이 인벤토리에 들어와 있었다.

아직 세계주류의 전국 지부를 더 돌아봐야 했다. 그래도 일단 서울, 태백, 대전 지부에 나타난 게이트는 제대로 정리했기에 우주는 한결 가벼운 마음으로 다시 UN그룹 본사로 복귀했다.

"오셨습니까, 회장님."

그룹을 지키고 있던 남궁민이 나와서 우주 일행을 반겼다. 남궁민은 지친 기색의 권창우와 우주를 보고 고개를 갸웃거렸다. 다행히 다친 곳은 없어 보였기에 남궁민은 안심하고 우주를 따랐다.

"그동안 무슨 일은 없었고?"

혹시나 무슨 일이 있었을까봐 흘리듯 남궁민에게 말을 꺼냈다. 우주는 남궁민이 진지한 표정을 짓는 것을 보고 다시 한번 질문했다.

"왜? 뭔 일 있었어?"

"최하급팀에서 회장님께서 내주신 임무를 달성했습니다."

"그래?"

신우환이라는 놈은 생각보다 능력 있는 놈 같았다. 우주가 발걸음을 최하급팀이 머물고 있는 곳으로 돌렸다. 그러자 남궁민이 그동안 있었던 일을 보고하기 시작했다.

"신우환 녀석이 처음에는 상, 중, 하급팀의 팀장들에게 접근을 하더군요."

* * *

"상급, 중급, 하급팀 역시 우리처럼 각각 임무를 배정받았더군. 기본적인 것은 앞으로 받게 될 교육에서 높은 순위를 유지하라는 거였다."

교육에 순위를 매긴다는 말에 최하급 팀에 속해 있는 모두가 고개를 갸웃거렸다. 앞으로의 일정에 대해서도 최하급팀은 들은게 없었기 때문이다.

"그래서 알아보니 당장 내일 몬스터에 대한 기본 교육이 이루어진다고 하더군. 아무래도 우리 최하급팀은 회장님이 안 계시면 기본조차 우리 스스로 배워야 하는 것 같다."

교육에 참여하라는 말을 최하급팀에게 전달해주는 사람은 아무도 없었다. 제대로 찬밥신세였다는 것을 다시 한번 깨달은 신우환은 팀원들에게 자신의 의사를 전달했다.

그리고 다음날, 최하급팀 전원은 강당에 모여서 몬스터에 관한 교육을 듣게 되었다.

"초이스가 되기 위해서 가장 먼저 알아야 하는 것이 바로 몬스터에 대한 상식이다. 혹시 실제로 몬스터를 본 적이 있는 사람?"

상급에서 최하급까지 모두가 모인 자리였기에 손을 드는 사람들이 몇 있었다. 그것을 보고 교육을 맡은 강용기가 질문했다.

"어. 그래. 너희 둘은 무슨 몬스터를 봤지?"

"저희들은……."

누군가는 오크를 뽑았고, 누군가는 슬라임, 누군가는 리자드맨을 보았다고 말했다. 물론 그때는 보기만 하고 도망치는데 급급했다. 하지만 이제 도망치지 않고 그런 몬스터를 잡아야 초이스가 될 수 있었다.

"다들 몬스터를 잡아야 초이스가 될 수 있다는 걸 알 것이다. 그러기 위해서 우리는 몬스터에 어떤 종류가 있고 어떤 약점이 있는지 상세하게 파악해야 한다. 그리고 여긴 아카데미이다 보니 당연히 수업에 관한 평가가 이루어진다. 이 평가에서 좋은 점수를 받으면 초이스가 되는 길에 한발 더 빨리 나아갈 수 있겠지. 그러니 모두 열심히 하길 바란다."

교육생들은 강용기의 설명을 엄숙한 표정으로 듣고 있었다. 옆에서 지켜보고 있던 이하늘이 나서서 한마디를 거들었다.

"어차피 초이스가 되어서 밖으로 나가면 알아두어야 할 것들이다. 그러니 모두 제대로 익혀두도록."

"네. 알겠습니다!!"

"그럼, 오늘부터 몬스터 교육을 맡아주실 강사님을 소개해주겠다."

이하늘의 말이 끝나자 강당의 문이 열리고 한 사람이 들어왔다. 단상에 선 남자가 입을 떼었다.

"안녕하십니까. UN그룹 영업팀 이만길이라고 합니다. 하지만 오늘만큼은 몬스터 대책팀 팀장이라고 소개하는 게 맞겠네요."

영업팀, 이만길. 우주가 선별해뒀던 사원이었다. 그는 우주로 인해서 자신의 능력과 적성을 확실히 발휘할 수 있게 되었다. 그러던 중 초이스가 만들어지고 몬스터가 등장하자 그는 바로 몬스터들을 연구하기 시작했다.

그렇게 몬스터에 관해 연구하고 있을 때 우주가 책 한권을 던져주었다.

"그거랑 연구 자료로 교재 하나만 만들어봐."

우주의 지시에 이만길은 곧바로 우주가 던져준 책을 탐독했다. 엄청난 정보들이었다. 일주일동안 밤을 새면서 교재를 다 만들고 잠에 빠져들려는 순간, 우주가 다시 이만길을 찾았다.

"아직 할 일 많이 남았다. 일 끝나면 잠도 재워주고 쉬게

해줄 테니 며칠만 더 고생하자."

그렇게 우주가 지시해준 일들을 마무리하고 드디어 쉬나 했는데, 이렇게 교육까지 떠맡게 되었다. 하지만 이만길은 이것도 다 우주에게 보답하는 일이라고 생각하면서 쉬는 것을 미루었다.

일개 조직원에서 팀장까지 신분이 상승할 수 있었던 것도 전부 우주가 자신을 영업팀으로 선발해주었기 때문이다. 영업팀에서의 일은 적성에 맞고 재미있었다. 그렇기에 지금의 자리까지 올 수 있었다.

"그럼 먼저 가장 기본적인 몬스터 오크부터 소개하도록 하죠."

그 후, 3시간동안 이만길의 열성적인 강의가 진행되었다. 몬스터에 대한 새로운 지식을 알 수 있어서 그런지 듣는 사람들 또한 모두 또랑또랑한 눈빛으로 교육을 들었다.

어떤 교육생은 열심히 필기를 했고, 어떤 교육생은 스마트폰으로 이만길을 촬영하기도 했다.

"자. 그럼 지금까지 들은 내용으로 내일 1차 시험을 치겠다. 기본적인 시험이지만 내일 시험부터 성적과 순위가 매겨진다. 그리고 이 순위는 너희에게 조금 더 빨리 초이스가 될 수 있는 길을 열어줄 것이다."

이만길은 사람의 시선을 집중시키는 힘을 가지고 있었다. 이만길의 말이 끝나자 교육생들의 표정이 다양하게 변했다. 설마 이렇게 바로 시험을 칠 줄은 몰랐기 때문이다. 수업을 대충 들은 사람과 수업을 열심히, 기록까지 하면서 들은 사람들의 희비가 갈렸다.

신우환은 열심히 이만길의 교육을 들은 사람이었다.

이미 이번 교육의 성적을 통해 초이스로 만들어준다는 사실을 알고 있었기 때문에 신우환은 철저하게 준비를 했다.

"하지만 이대로 공부해서는 절대 상위권에 안착할 수 없겠지."

초이스가 되려고 마음먹은 사람들 중에는 가끔씩 초능력이라는 것을 가지고 있는 사람들이 있었다. 그런 사람들에 있기에 일반인들은 아무리 머리가 좋아도 1등이 될 수 없었다.

초이스가 되려면 일단 상, 중, 하급을 제치고 최하급팀을 최상위권으로 올려야 했다. 신우환은 팀원들과 상의를 해봐야겠다고 생각했다.

금수저들이라 돈의 힘이라도 동원할 수 있다면 동원해야 했다. 상, 중, 하급의 팀장이 어떤 술수를 쓸지도 파악해야 했고 할 일이 많았다.

이하늘과 강용기는 머리를 굴리고 있는 교육생들을 보고 미소지었다. 이들은 아직 모르고 있었다. 초이스 아카데미의 시험은 초이스처럼 진행된다는 것을 말이다.

다른 초이스들이 실전을 나간 상황이라 강용기가 일반인 팀을 총괄하게 되었다. 강용기는 남궁민에게 보고를 하기 위해 연무장으로 향했다.

"어떻게 하실 건가요? 다들."

신우환이 최하급팀을 모아놓고 말했다. 10명 모두 손에 종이를 하나씩 들고는 있었다. 그래도 완전히 손 놓은 사람은 없는 것 같아 보이자 신우환은 각자의 생각을 들어보기로 했다.

"공부 열심히 해야죠."

이사랑이 먼저 말했다. 신우환은 순진한 얼굴의 이사랑을 한번 쳐다보고 다른 쪽으로 시선을 돌렸다.

"왜 날 보는 거지?"

강철민은 자신을 바라보는 신우환이 마음에 안 들었는지 신우환의 시선에 대꾸했다.

"전 사랑씨의 의견같은 일반적인 생각을 듣고 싶은게 아니기 때문이죠."

"뭐, 부정행위라도 하라는 건가?"

부정행위라는 말에 모두가 신우환을 쳐다보았다.

"누가 1등이 될 줄 알고 답안지를 베낍니까. 다들 아시겠지만 여긴 일반적인 학교가 아닙니다. 초이스 아카데미. 특별한 능력을 가진 사람들만 초이스가 될 수 있는 특수학교죠. 그런 곳에서 시험을 일반적으로 칠 것 같지는 않습니다만."

맞는 말이었다. 특수학교였기에 다른 사람들보다 뛰어난 사람이 있을 수도 있다. 다양한 방법을 동원해 시험 성적을 잘 받으려고 노력하는 사람들이 있을 것이다.

신우환의 말에 모두가 정공법을 버리고 편법을 생각하기 시작했다. 하지만 아무리 애를 써도 문제가 무엇이 나올지 모르기에 답을 완벽하게 맞히는 방법 같은 것은 없었다.

"흥. 애들을 전부 매수할 수도 없잖아?"

초이스 아카데미에 들어온 이상 누구나 평등하다. 이것이 초이스 아카데미의 첫번째 철칙이었다.

"혹시 모르죠."

신우환은 진지하게 모두를 돌아보았다. 최하급팀에 속한 사람들은 대부분 재벌2세이자 금수저들이다. 확실치는 않지만 이름이 알려져 있는 강철민과 김예나만 보아도 알 수 있었다.

가진 것이 돈밖에 없는 사람들이 할 수 있는 일이라고는 당연히 돈을 쓰는 방법밖에 없었다.

"한명당 7명씩만 매수해도 일반부 전원인 70명을 전부 매수할 수 있을걸요?"

신우환의 말에 최하급 팀원들의 눈빛이 진중해졌다. 긍정적인 반응인 것이다. 신우환은 일단은 이렇게라도 방법을 마련했다. 최하급팀에 이렇게 미끼를 던졌으니 팀장들

에게도 미끼를 던지러 갈 차례였다.

"제 의견일 뿐이니, 각자 알아서 해주시길 바랍니다. 다만 내일 오전에 각자 어떻게 할 것인지 다시 공유해주셨으면 하네요. 저희가 살아남을 수 있으려면 저희끼리 뭉쳐야하니까요. 아, 그리고 저는 다른 팀 팀장들의 동태를 파악하러 다녀오겠습니다. 저번에 말씀드렸다시피 음흉한 사람들이거든요."

첫번째 팀장들과의 회의 직후, 신우환은 팀원들을 모아놓고 최하급팀 전원이 초이스가 될 수 있는 방안을 논의했다.

그 결과가 바로 이 시험에서 성적을 잘 받는 거였다.

직접적이지는 않지만 결국 다른 팀의 팀원들과 접촉해서 팀원들을 매수하라는 임무를 부여받은 최하급팀 팀원들. 그들은 각자 임무를 수행하러 뿔뿔이 흩어졌다.

"이제 왔군. 팀원들에게 할 말이 많았나보지?"

신우환이 팀장들이 모인 곳에 도착하자 중급팀 팀장, 최태수가 신우환을 비꼬았다. 무슨 꿍꿍이가 있는지 다 말해보라는 말투였다. 신우환은 그런 최태수의 말투에도 미소를 지으면서 답했다.

"아마 팀장님들께서 팀원들한테 지시한 내용과 제가 말한 내용이 다르게 없을 것 같은데요?"

"말은 잘하네."

"팀원이라… 팀원도 팀원 나름이지……."

입술을 핥으며 말하는 하급팀 팀장, 오미나를 신우환은 속으로 경멸했다. 20명으로 이루어진 하급팀은 이미 오미나의 노예나 마찬가지였다. 그녀의 유혹에 넘어가지 않은 사람이 없었던 것이다.

"자. 우환이도 고민이 많겠지. 중급팀은 무슨 의견이 나왔지?"

상급팀 팀장, 왕시운의 말에 최태수가 대답했다.

"저흰 별거 없수다. 머리보다 다 힘쓰는 쪽 애들만 모아놔서 그런지… 영 아니올시다."

여담이지만 중급팀은 팀장을 뽑을 때 팔씨름으로 뽑았다고 한다.

신우환은 뛰어난 사람들로 이루어져 있는 상급팀의 의견이 어땠는지 너무 궁금했다.

"보아하니 상급팀의 의견이 궁금한가본데, 이쪽 녀석들은 전부 뭘 생각하는지 모를 애들뿐이다. 아무런 답변도 줄 수 없어서 미안하군."

신우환은 왕시운의 대답을 듣고 단도직입적으로 물었다.

"그렇다면 왕팀장님께선 어떤 방도를 생각하고 계시는지요?"

날카롭게 찔러오는 질문에 최태수와 오미나 역시 왕시운

194

의 대답을 주시했다. 이 사람들, 겉으로는 편을 먹었다고 하지만 서로서로 견제하고 있었다.

"내일 시험은 내가 1등이다. 미안하지만 이건 내 개인적인 방법이라 말해줄 수 없군."

자신감 가득한 왕시운의 말에 나머지 세 팀장의 얼굴에 의문이 가득 찼다. 한편 신우환은 왕시운의 말에 한가지 확신을 가질 수 있었다.

'왕시운은 초능력자다.'

어쩌면 상급팀 전원이 초능력자일 수도 있다. 어떤 초능력을 가지고 있는지 모르겠지만 개인적인 방법이라 하면 초능력밖에 설명할 길이 없었다.

세상에 초이스도 있고 몬스터도 있는데 초능력자라고 없을 리가 없었다.

신우환은 돌아섰다. 더 이상 이들에게 들을 얘기가 없었기 때문이다.

"잠깐, 우환아. 넌 어떻게 시험을 준비하는 것이더냐?"

"정면 돌파 말고 별 수 있겠습니까."

일반인한테는 그 방법밖에 없었다. 신우환의 대답에 무언가를 이야기하려던 왕시운은 신우환이 몸을 돌려 나가자 입을 다물었다.

"왕오빠. 쟤 너무 막 나가는 것 같은데?"

"내일 시험 결과를 보면 알겠지. 막 나가는 놈인지, 아니면 생각을 하고 사는 놈인지 말이야."

* * *

다음 날. 강당에 모인 일반부 교육생들은 펜을 들고 시험을 준비하고 있었다. 시험 감독관으로는 남궁민이 들어왔다. TV를 통해 남궁민의 활약을 많이 봐왔던 교육생들은 마른침을 삼켰다.

허리에 차고 있는 검에서 뿜어진 강기의 모습을 잊지 못했기 때문이다.

"강용기."

"넵."

시험장에 들어온 남궁민은 강용기를 불렀다. 모두 강당에 앉아서 펜을 들고 있는 모습을 보고 무언가 잘못되었음을 깨달았기 때문이다.

"혹시 시험 방식에 대해서 이야기 해주지 않았나?"

"넵!"

당당하고 용기 있게 대답하는 강용기. 남궁민은 못 살겠다는 표정으로 같이 들어온 이만길을 바라보았다.

"팀장님은요?"

"제 강의만 잘 들었다면 시험 방식이 어떻든!! 문제없을 것이라 생각합니다!!"

"뭐, 맞는 말이네요."

이만길의 대답이 정답이라고 생각한 남궁민이 좌중을 둘러보고 목소리에 내공을 실어서 외쳤다.

"교육생들은 들어라! 지금부터 초이스 아카데미 일반부, 제1차 시험을 시작하겠다!!"

쿠구궁…….

남궁민의 외침에 강당이 진동했다. 강당에 남궁민의 기가 주입되고 있는 것이다. 우주와 이만길, 권창우가 합작해서 만든 훈련용 시험장이 그 모습을 처음으로 드러내는 순간이었다.

교육생들은 엄청 당황하는 모습을 보였다. 시험이라기에 당연히 시험지를 나눠주고 답을 받아 적는 시험인 줄 알았다. 그런데 아무래도 그게 아닌 것 같았다.

"강사진이 시험 방식에 대해서 안 알려준 것 같아서 지금 이야기해주겠다. 결론부터 말하자면 수업을 열심히 들은 사람은 살아남을 것이고, 그렇지 않은 사람은 시험에서 떨어지게 될 것이다. 내 말이 끝나는 순간 너희 앞에 몬스터가 등장할 것이다. 그 몬스터를 공략해서 마지막까지 기절하지 않고 서 있는 자만 초이스가 된다. 다시 한번 말하지만 1등만 초이스가 될 수 있다. 그럼 건투를 빈다."

단 1명만 초이스가 된다는 말에 일반부 교육생들의 눈빛이 달라졌다. 그리고 남궁민의 말이 끝나자마자 시험장이 게이트로 변했다.

"쿠어어!!"

교육생들은 갑자기 나타난 몬스터를 보고 깜짝 놀라서 혼비백산했다. 트롤이었다.

몽둥이를 휘두르면서 나타난 트롤 네마리를 보고, 신우환은 냉정하게 머리를 쓰기 시작했다.

교육생들을 다 죽일 것도 아니고 실제 몬스터를 풀어놓지는 않았을 거라는 생각을 가장 먼저 했다.

퍽!!

하지만 한 교육생이 몽둥이를 맞고 날아가는 것을 보고 신우환은 생각을 고쳐먹었다.

트롤 네마리를 각각 한팀씩 맡으라는 건지 트롤들은 상, 중, 하, 최하급을 골고루 괴롭히기 시작했다.

"저게 허상일 리가?!"

"하급팀은 어서 나를 지켜!!"

오미나의 외침이 들려왔고 하급팀이 오미나를 중심으로 뭉쳤다. 중급팀은 그래도 체력적으로 단련된 사람들이 많아서 그런지 트롤의 공격을 잘 피하고 있었다.

"상급팀은… 역시……."

왕시운을 필두로 한 상급팀은 생각보다 수월하게 트롤을 상대하고 있었다.

일반부이긴 하지만 아무래도 완전히 평범한 일반인과는

다르다는 것을 확연히 느낄 수 있었다.

"문제는… 우린가!!"

금수저에 재벌 2세들만 모아둔 최하급팀에게 트롤 한마리와 싸워서 이기라는 말은 계란으로 바위를 이기라는 말과 똑같았다.

"신우환!!"

"팀장님!!"

신우환이 머리를 굴리고 있을 때 그를 향해서 트롤이 몽둥이를 휘둘렀다. 신우환은 거대한 몽둥이가 다가오는 것을 느끼고 이대로 끝이라고 생각했다.

쾅!!

"이 멍청아!! 왜 가만히 있냐!! 팀장이라며?! 책임감같은 소리하고 자빠졌네!!"

신우환은 등이 아파오는 것을 느꼈다. 김한우의 외침에 점점 뚜렷하게 정신이 들기 시작했다.

"피해요!!"

이번엔 김예나의 목소리가 들려왔다.

"트롤."

트롤이 휘두른 몽둥이가 신우환과 김한우의 옆을 스쳤다. 그때 장진주가 입을 떼었다.

"일반적으로 거대한 덩치와 흉측한 외모 그리고 강력한 재생 능력을 지닌 종족을 말한다.

녹색의 단단한 피부와 거대한 덩치에 끈질긴 재생력을 가지고 있지만 불에 약한 몬스터이다."

불에 약한 몬스터라는 말에 최하급팀 전원이 불을 지필 수 있는 것을 찾기 시작했다. 그때 신우환이 라이터를 꺼내들었다.

때마침 근처에 있던 가스를 발견한 강철민이 신우환을 향해서 가스를 던졌다.

"신우환!!"

왜 주변에 가스같은 것이 굴러다니고 있는지는 몰랐으나 꼭 필요한 물품이었다. 강철민은 신우환이 가스를 받아드는 것을 보고 소리를 질렀다.

바로 위에 트롤의 주먹이 꽂혀 내리기 직전이었기 때문이다.

"죽어."

순식간에 가스를 열고 라이터를 켜서 화염방사기를 만들어낸 신우환. 그리고 그는 불을 내뿜고 있는 가스를 트롤을 향해서 내밀었다.

트롤은 불이 몸에 닿자 비명을 내질렀다.

이 조그마한 불꽃에 저 정도로 타격을 입었을까 싶기도 했지만 일단 불을 이용한 공격이 통하는 것 같았다.

신우환은 불을 내뿜고 있는 가스를 트롤에게 던졌다.

그리고 불을 뿜고 있는 가스통에 소지하고 있던 자그마

한 단도를 던져서 맞추었다.

"터져라."

가스통에 있던 가스가 단도로 인해서 한꺼번에 새어나오면서 폭발이 일어났다.

트롤의 몸에 닿은 불꽃은 곧 거대한 화마가 되어서 트롤의 전신을 집어삼켰다.

신우환

거대한 폭발소리에 상, 중, 하급의 시선이 잠시지만 최하급팀에 머물렀다. 하지만 곧 각 팀에서 움직이는 트롤을 상대하기 위해 다시 정신없이 움직이기 시작했다.

신우환은 트롤을 물리치고 자리에 주저앉아서 가쁜 숨을 내쉬기 바빴다. 진짜 죽는 줄 알았다. 순간적인 판단으로 라이터를 꺼내들고 강철민이 던져준 가스에 불을 붙일 수 있었다.

지금 생각해보면 주변에 이런 물품들이 있었던 것도 모두 의도된 게 아닐까 하는 생각이 들었다. 그리고 트롤을 쓰러뜨리고 난 후 알게 된 사실이 있었다. 시험장에 트롤은 없었다.

상, 중, 하급팀 모두 허상을 보고 있는 중이었다. 다만 타격감은 진짜인 것인지, 실제로 기계 장치가 움직이면서 공격을 하고 있었다.

"뭐야? 저게 실체였어?"

강철민이 신우환에게 다가와서 말했다. 가스통을 던져주지 않았다면 이렇게 살아남을 수 없었기에 신우환은 강철민에게 감사인사를 했다.

"고맙다."

"누구라도 그렇게 했을걸?"

강철민의 눈빛에 신우환은 이런 녀석이 N그룹의 개망나니라고 불린다는 것을 이해할 수 없다는 표정으로 강철민을 바라보았다.

"정말 대단했어요!!"

그때 이사랑이 다가와서 신우환을 칭찬했다. 다행히 최하급팀은 아무런 피해도 입지 않은 것 같았다. 나머지 사람들도 하나둘씩 몸을 추스르고 신우환에게 다가왔다.

"저런 기계 장치였을 뿐인데, 아까는 어떻게 트롤처럼 보였던 거지?"

가스폭발에 기계 장치가 부서졌는지 주변에 타다 남은 나무의 잔해들이 보였다. 신우환은 이걸 시험이라고 낸 시험 감독관을 노려봤다.

남궁민은 신우환의 그런 모습을 보고 당돌한 녀석이라고 생각했다. 확실히 가스는 일부러 굴러다니게 해둔 것이다. 하지만 라이터를 이용한 가스폭발까지의 연계는 아주 완벽했다.

'그리고 그 단도를 던지는 실력.'

범상치 않았다. 괜히 최하급팀의 팀장으로 뽑힌게 아니라고 생각하면서 남궁민은 다른 팀들로 시선을 돌렸다. 오늘 시험 결과는 이미 정해진 거나 마찬가지였다.

"흥. 트롤의 몽둥이 따위."

최태수가 트롤이 내려치는 몽둥이를 온몸으로 막아냈다. 밀려오는 충격을 최태수가 두 다리로 버티자 나머지 중급팀의 팀원들이 트롤을 향해 달려들었다. 각자 주먹과 발을 열심히 놀렸지만 트롤은 전혀 데미지를 입는 것 같지 않았다.

하급팀 역시 공격할 생각은 못하고 트롤의 공격을 피하느라 정신이 없었다. 상급팀은 최하급팀이 트롤을 물리치는 모습을 보고 어떻게 트롤을 상대해야 할지 깨달은 것 같았다.

"응?"

"뭐야?"

상급팀을 상대하던 트롤의 몸에서 갑자기 불길이 타오르기 시작했다. 발끝에서 시작한 불꽃은 곧 트롤의 머리까지 타올랐다. 상급팀은 트롤이 갑자기 불타오르자 어안이 벙벙하다는 듯 주변을 살폈다.

"뭘 그렇게 두리번거리셔? 결론적으로 없어졌으면 좋은 거 아니요?"

흰 장갑을 낀 남자의 말에 상급팀의 팀원들이 고개를 끄덕였다.

"호오. 대단한데."

일반부인데도 불구하고 초이스처럼 능력을 사용했다. 초능력자란 이야기였다. 남궁민은 상급팀과 상대하던 트롤이 한 남자의 발화 능력으로 인해서 전소되는 것을 기의 유동으로 알아낼 수 있었다. 괜히 상급팀으로 책정된 것이 아닌 듯했다. 남궁민은 중급과 하급팀을 어떻게 해야 할지 고민했다.

최태수와 오미나는 짜증이 났다. 최하급팀에서 트롤을 먼저 없앤 것도 짜증났고, 팀원들이 멍청한 것도 짜증났다. 도움이라고는 하나도 되지 않았다. 최하급과 상급팀이 불을 사용해서 트롤을 없앤 것을 보고 불을 사용해야겠다는 생각이 들었지만 쉽지 않았다.

최하급팀처럼 폭발을 일으킬 수 있는 것도 아니었고, 상급팀처럼은 더더욱 무리였다. 오미나는 가스통처럼 불길을 일으킬 수 있는 물건이 어디 없을까 둘러보던 중에 소주병이 바닥에 굴러다니는 것을 발견했다.

"저거라면!! 내 첫번째 노예야! 저 소주병을 들고 오렴!!"

소주 뚜껑을 따니까 기름 냄새가 났다. 왜 소주병에 기름이 들어 있는지는 모르겠으나 이거라면 화염병을 만들 수 있었다. 오미나는 하급 팀원들에게 화염병을 만들라고 말했다. 팀원들은 영화에서 보던 것처럼 휴지를 말아 넣어 심지를 만들고, 어느 정도 휴지가 기름을 먹기를 기다렸다.

"자. 어느 정도 기름을 먹었으면 불 붙여서 던져버려!!"

화르륵.

소주병으로 만든 화염병에 불을 붙이자 소주병 심지에 불이 붙었다. 오미나의 지시에 하급팀 팀원 하나가 소주병을 트롤에게 던졌다. 트롤에 부딪힌 소주병이 깨지면서 불꽃이 트롤의 몸에 옮겨 붙었다.

"꾸에엑."

트롤이 비명을 내질렀고, 몸에 붙은 불을 끄지 못하고 사라져버렸다. 사실 진짜 트롤이었다면 이 정도 불로는 사라지지 않았을 것이다. 실제 트롤의 재생력은 엄청났으니까 말이다.

"이제 중급팀만 남았는데…….."

남궁민은 중급팀이 트롤을 공격하는 모습을 보더니, 아무래도 트롤을 물리칠 수 없을 것 같다고 판단했다. 그는 곧 시험을 종료시켰다.

삐이익!!

"시험을 종료한다."

겨우 트롤 한마리를 상대하는 시험이었는데, 아카데미 교육생들은 온몸에 힘이 다 빠진 것을 느꼈다. 시험이 종료되자 트롤의 몽둥이에 맞아서 다친 교육생들을 치료하기 위해 구조반이 움직였다.

사실 트롤의 몽둥이가 아니라 기계 장치였지만 다친 것은 다친 것이다. 초이스 아카데미 내부 구조반에서 다친 교육생들을 들것에 실어서 나르기 시작하자 나머지 멀쩡한 교육생들이 남궁민을 바라보았다.

"먼저 이야기해두지만 너희가 본 트롤은 실제 트롤과 완전히 다른 트롤이다. 실제로는 이렇게 쉽게 트롤을 잡을 수 없다는 것을 알아둬라. 그리고 이번 시험 성적 1등은 최하급팀의 팀장인 신우환이다. 아마 이 의견에는 너희도 모두 동의할 것이다. 그럼 각자 지시가 있을 때까지 숙소에서 대기하도록. 이상."

남궁민의 말에 모든 교육생이 신우환을 바라보았다. 신우환은 무표정한 얼굴로 서 있었다. 초이스가 될 수 있는 특권을 손에 넣었는데도 불구하고 신우환은 좋아하는 티를 내지 않았다.

"왜 그러지? 좋아하는 티 좀 낸다고 뭐라고 할 사람 아무

도 없어."

조시한이 신우환에게 다가와서 말을 걸었다. 진심이었다. 신우환이 아니었으면 모두 죽을 뻔했다는 사실은 변함이 없었다.

"강철민이 날 구해주지 않았다면 이렇게 무사할 수 없었어."

신우환이 강철민을 돌아보면서 말하자 강철민이 가소로운 표정으로 말했다.

"어이, 팀장. 고마우면 한우나 한턱 쏴. 먼저 초이스가 돼도 난 상관없어. 우리 전부 네 뒤를 따라갈 테니까 말이야."

"저렇게 말하는데?"

"덕분에 첫 시험, 피해 없이 잘 통과할 수 있었어요. 고마워요."

김예나가 신우환에게 감사인사를 하자 나머지 사람들도 신우환에게 고마움을 전했다. 이 한번의 시험으로 최하급 팀은 똘똘 뭉치게 된 것 같았다.

"아니요. 감사합니다."

이렇게 신우환은 초이스가 될 수 있는 기회를 손에 넣었다.

* * *

"그래?"

우주는 초이스 아카데미를 만들면서 이만길과 '몬스터 구현화'라는 획기적인 시스템을 도입했다. 전부 몬스터 도감과 포탈 활성기 덕분이었다.

스텟을 투자한 보람이 있었다.

1차 시험은 정말 기본적인 시험일뿐이었다. 일반부를 감안해서 만든 정말 쉬운 시험이었다. 초이스들을 겨냥한 몬스터 구현화에서 살아남을 수 있는 것은 적설진 정도밖에 없다고 우주는 생각했다.

"그럼 신우환부터 초이스로 만들어야겠네?"

"아, 그 건에 대해서는 드릴 말씀이 있습니다."

남궁민의 브리핑을 들으면서 우주는 고개를 끄덕였다. 역시 남궁세가에서 많은 교육을 받고 자란 인재라 그런지 남궁민은 관리직 업무에도 상당히 뛰어난 모습을 보였다.

남궁민의 브리핑을 요약해보자면 이랬다. 시험 하나를 통과할 때마다 초이스가 된다면 팀 밸런스가 너무 무너지게 될 것이고, 또한 초이스로 만들기 위해서 몬스터를 잡으러 가야 한다는 단점이 있다는 거였다.

"확실히 매번 초이스로 만들러가는 것도 일이겠네. 그럼 몇 명이 모였을 때 가는 것이 좋을까?"

"저는 최소 세, 네명 정도는 돼야 한다고 생각합니다."

각 팀에서 1명씩 차출되면 좋겠지만 그게 아니더라도 세, 네명은 있어야 데리고 움직일 만했다. 남궁민의 의견을 최대한 수렴하면서 우주는 최하급팀 쪽으로 걸음을 옮겼다.

"알겠어. 일단 세계 주류건이 마무리 될 때까지 아카데미를 부탁할게."

"네. 알겠습니다. 그럼."

우주가 최하급팀을 방문하려고 하자 남궁민은 자리를 비켜주었다. 우주는 남궁민의 태도에 피식 웃어 보이면서 최하급팀의 숙소로 들어갔다.

"호오?"

뿔뿔이 흩어져서 시간을 보내고 있을 줄 알았는데, 의외로 최하급 팀은 모두 한곳에 모여 있었다. 그것도 연무장에 말이다.

"무슨 일로 연무장에 다들 모여 있는 거지?"

시험이 힘들어서 분명 전부 기진맥진해 있을 거라 생각했다. '연무장에서 훈련할 정도면 힘들지는 않았나보다'라고 생각하던 우주는 연무장에서 벌어지고 있는 광경을 보고 놀란 표정을 지었다.

"이게 무슨 상황일까?"

연무장에서는 최하급팀원 아홉명이 신우환을 포위하고 있었다. 이미 격전의 흔적이 있었다. 여자들은 군데군데

옷이 찢어져 있었고, 남자들은 바닥을 뒹굴었는지 흙먼지가 가득 묻어 있었다.

"헉, 헉."

"이거 실력이 너무 차이 나잖아?"

"제일 먼저 초이스가 될 만한데?"

우주는 기척을 죽이고 최하급 팀이 무엇을 하고 있는지 구경하기 시작했다.

"저 하나도 이렇게 상대하기 힘들어하시면서 몬스터는 어떻게 상대하시려고 그러십니까, 다들."

신우환의 말에 최하급 팀원들이 거친 숨을 내쉬면서 이를 갈았다.

"초이스들은… 아니, 몬스터들은 여러분이 쉴 때까지 기다려주지 않습니다!"

신우환이 먼저 달려들자 간신히 버티고 있던 최하급 팀이 쓰러지려고 했다. 그대로 두고 볼까 하다가 신우환이 어느 정도의 잠재 능력을 가지고 있는지 궁금해서 살짝 지풍을 튕겨봤다. 무공을 익히지 않았다면 피할 수 없을 정도의 세기였다.

"누구냐!!"

그 공격을 느낀 것만으로도 칭찬받아 마땅한데, 우주의 지풍을 신우환은 피해내었다. 신우환이 소리치자 우주가 제운종을 이용해서 신우환의 뒤를 잡았다.

"신우환."

"회, 회장님?!"

신우환은 뒤에 서 있는 사람이 우주라는 것을 깨닫고 깜짝 놀라 우주에게서 떨어졌다.

"너희 모두 그래도 조금이나마 정신을 차렸나보군?"

딱히 한건 없었다. 다만 1차 시험을 통해 몬스터 구현화를 한번 겪고 무력의 필요성을 느꼈을 것이다. 그리고 가장 큰 활약을 했던 신우환에게 그 비결을 배워보려 했을 것이고.

우주는 침묵을 지키는 최하급팀을 한번 쭈욱 둘러보았다. 김예나와 강철민이 눈에 들어왔다. 둘은 이제 우주의 눈을 정면으로 마주칠 수 있게 되었다.

"생각보다 효과가 좋은걸?"

몬스터 구현화의 효과인지, 신우환의 리더십이 큰 영향을 미쳤는지는 모르겠지만 한가지 확실한 것은 금수저였던 이들이 무언가를 배우고 갈구하게 되었다는 사실이다.

"일단 먼저 축하한다. 1차 시험을 1등으로 끝냈다고 하더구나."

"감사합니다."

초이스가 된다는 소식을 듣고 기뻐하고 있을 것 같아서 차마 몇 명을 더 뽑고 나중에 초이스로 만들어주겠다는 말은 할 수 없었다.

"근데 너희 뭐 하고 있었니?"

"팀원들이 스스로의 실력을 시험해보고 싶다고 해서……."

"그래? 결과는?"

우주는 신우환이 무슨 판단을 내렸는지 궁금했다.

"가능성은 있다고 판단했습니다."

가능성이라. 우주는 신우환을 '스캔'으로 바라보았다.

[신우환 Lv. 20]
—비도술의 달인.

전에는 보이지 않았던 비도술의 달인이라는 타이틀이 보였다. 비도술의 달인이라면 분명 비도와 관련된 초이스가 될 것이다. 남은 최하급 팀원들도 쳐다보았다.

대부분 5~10 레벨대의 평범한 사람들이었다. 아니, 이들은 다른 일반인들보다 약할 수밖에 없었다. 온실 속의 화초로만 살아왔기 때문이다. 그런 이들에게 신우환은 가능성이 있다고 했다.

우주는 무리라고 생각하는 쪽이었다. 혼자라면 말이다. 혼자서는 무리지만 팀이라면? 어느 정도의 가능성이 분명 있을 것이다. 최하급 팀 전원이 초이스가 될 수 있을지는 앞으로 신우환에게 달려 있다고 우주는 생각했다.

"좋아. 저번보다 조금은 기대가 되는군. 지금까지는 맛보기였다. 마지막까지 살아남아라. 살아남으면 초이스가 될 수 있다."

우주는 이 말만 남기고 사라져버렸다. 남은 최하급팀은 우주의 말을 곱씹기 시작했다.

'지금까지는 맛보기였다'라는 말이 마음에 걸렸다. 트롤만으로도 충분히 지옥을 겪었던 최하급팀이었다. 그렇기에 아카데미에서 또 어떤 시련을 줄 것인지 궁금해졌다.

＊　＊　＊

태백과 대전 지부를 정리하고 최하급팀까지 한번 둘러본 우주는 일단 킹 아이스골렘과 스네이크 킹을 잡고 나온 보상 상자를 열어보기로 했다.

그리핀 때처럼 스킬이 나온다면 좋을 테지만 꼭 스킬이 아니라도 좋은 아이템이 나올 것만 같았다. 우주는 오랜만에 회장실에서 TV를 켜두고 여유롭게 상자를 개봉하려고 했다. 그때 TV에서 나오는 뉴스에 일이 터진 것을 알 수 있었다.

[몬스터 죽이면 보석을 획득할 수 있다?]

뉴스의 헤드라인이었다. 결국 일반인들에게까지 퍼지기 시작한 듯했다. 뉴스에서는 앵커가 한 초이스를 밀착 취재

하며 몬스터들을 죽이면 나오는 보석을 보여주고 있었다.

저렇게 어그로를 끌게 되면 일반인들도 눈이 돌아가기 마련이다. 힘 좀 쓰고 돈 좀 있다는 사람들은 앞으로 몬스터를 사냥하기 위해 무슨 짓이든 하려고 들 것이다. 전문적으로 보석을 구해서 파는 초이스도 등장할 것이고, 몬스터를 죽이고 나온 보석을 연구하는 사람들도 생길 것이 분명했다.

막고 싶었다. 몬스터를 사람들이 쉽게 생각해서는 안 되었다. 아무래도 법을 만들어야 할 것 같았다. 초이스들을 위한 법이 될 수도 있지만 일반인들이 몬스터를 사냥하겠다고 나서서 개죽음을 당하는 것보다는 나을 것이다.

"대통령을 만나야겠군."

물론 대가를 치러야 될 것이다. 그걸 감수하고서라도 보석과 관련된 법률은 제정되어야 했다. 우주는 일단 대통령을 만나는 것은 조금 뒤로 미루고, 보상 상자를 열어보기로 했다.

먼저 킹 아이스골렘을 잡고 나온 보상 상자를 우주가 꺼내들었다.

[킹 아이스골렘의 보상 상자]
—차가운 기운이 서려 있다.

218

차가운 기운이 서려 있다는 문구밖에 보이지 않았기에 무엇이 들었는지 알 수 없었다. 우주는 보상 상자를 개봉했다.

[킹 아이스골렘의 보상 상자가 열립니다. 서릿발같은 기운이 소용돌이칩니다. 미니 아이스골렘이 등장합니다.]

"뭐?"

깜빡깜빡.

작고 귀여운 미니 아이스골렘이 나타났다. 눈꺼풀을 깜빡거리며 귀여움을 온몸으로 발산하고 있었다. 우주는 '무슨 보상 상자에서 몬스터가 나타난단 말인가?'하고 의아해했다.

눈을 똘망똘망 뜨고 있는 녀석을 보고 우주가 말했다.

"너, 뭐냐?"

[미니 아이스골렘 Lv.1]
─작은 얼음 덩어리로 이루어져 있는 아이스골렘이다. 우주의 펫이다.

메시지 창에 뜨는 것을 보면 펫의 개념인 것 같았다. 몬스터를 펫으로 데리고 다닐 수 있다는 사실은 처음 알았다. '테이머란 직업도 생길 수 있겠구나'라고 생각하면서 우주는 미니 아이스골렘에게 손을 내밀었다.

"귀엽긴 한데?"

폴짝.

우주가 손을 내밀자 우주의 손바닥 위에 올라서는 미니 아이스골렘을 보고 우주가 피식 웃었다. 몬스터치고는 너무 작았다. 말은 못하는지 우주의 손가락만 만지작거리는 것을 보고 한손에 미니 아이스골렘을 올려둔 채로 스네이크 킹의 보상 상자를 꺼내들었다.

[스네이크 킹의 보상 상자]
—칙칙한 기운이 서려 있다.

뭔가 아까 본 내용과 똑같이 적혀 있는 상자를 보니 우주는 이 상자에서도 뱀이 나올까 걱정이 되었다.

"개봉."

[스네이크 킹의 보상 상자가 열립니다. 스네이크 킹의 내단이 나왔습니다. 독기운을 풀풀 풍기기 시작합니다.]

우주는 내단이 나왔다는 말에 내단을 확인도 하지 않고 재빨리 인벤토리로 넣었다. 그대로 두었으면 회장실이 전

부 독기로 가득 찰 뻔했다. 미니 아이스골렘은 스네이크 킹의 내단이 있던 자리를 노려보다가 다시 우주의 손가락 을 만지작거렸다.

그리핀 때와 달리 펫 하나와 내단 하나를 손에 넣게 되었 다. 우주는 그리핀의 내단을 먹고 강해진 신수아를 떠올렸 다. 내단만 완전히 자신의 것으로 만들 수 있으면 독의 황 제가 되는 것도 문제없을 것 같았다.

"독을 잘 다루는 아이를 찾아봐야겠네."

우주는 그렇게 중얼거리면서 근처에 있던 지도를 꺼내 책상에 폈다. 세계주류 측에서 제공해준 지도였다. 일단 은 한국땅에 남아 있는 세계주류의 남은 지부부터 정리해 야만 했다.

대전과 태백을 정리했으니, 남은 곳은 광주와 부산 그리 고 대구와 제주였다. 도 단위로 떨어져 있어서 접근성이 상당히 떨어졌기에 우주는 어떻게 팀을 나눌지 고민이 되 었다.

이번에는 혼자서 처리하기 힘들 것 같았다. 초이스 교육 생들이 제대로 된 실전을 겪게 하기 위해서라도 혼자 다니 는 건 되도록 줄여야 했다.

"그전에 대통령을 만나러 가야겠지."

쇠뿔도 단김에 빼라고 했다. 우주는 청와대로 가야겠다 고 생각하고 자리에서 일어났다.

류시우 역시 TV에서 몬스터를 죽이면 나오는 보석에 관해서 보도하는 것을 보고 대통령께 보고를 올려야겠다고 생각했다. 초이스 아카데미의 생활을 정기적으로 보고하는 것도 그의 임무 중 하나였다.

신기하게도 초이스 아카데미는 외부와의 연락을 단절하지 않았다. 마치 내부의 기술을 빼내갈 수 있으면 빼내가라고 하는 것 같았다.

"정보의 차단도 중요한데 말이야. 이렇게 외부로 빠져나간 정보조차 모두 돈인데."

가난을 탈출하기 위해서 대통령에게 몸을 위탁하기로 했다. 이렇게 해서라도 류시우는 잘 살고 싶었다.

"그래. 일부러 첩자를 구분하기 위해서 우리는 외부와 연락을 취해도 된다고 허락한 거야. 이렇게 너같은 첩자를 찾아내기 위해서 말이야."

움찔.

류시우는 뒤에서 들려오는 목소리에 쓰던 보고서를 숨기려 했다.

"됐다. 진작부터 알고 있었으니까. 류시우, 같이 청와대 좀 가야겠다."

222

"후우. 네. 알겠습니다."

이미 우주의 목소리를 듣는 순간, 모든 것을 포기해버린 류시우였기에 순응은 빨랐다. 그 모습에 우주가 류시우를 향해 말했다.

"어째 많이 당황하지는 않는다?"

"회장님이라면 아실 것 같았습니다."

류시우의 차가 있는 곳으로 따라간 우주가 류시우의 차를 보더니 물었다.

"너, 월급 얼마냐?"

"대한민국 대 초이스 테러반장 류시우. 제 직급입니다. 웬만한 재벌들만큼 버는 것 같습니다. 그러니까 보시다시피."

류시우의 차를 가리켰다. 류시우의 차는 그 비싸다는 외제차, 람보르기니였다. 확실히 나라에서 빵빵하게 지원해주니 벌 수 있을 만큼 버는 것 같았다. 우주는 한때나마 월급쟁이였던 것을 떠올리고는 피식 웃었다.

"나도 같은 대한민국의 초이스다. 그러니까 너무 걱정할 필요 없어. 나도 대통령에게 어느 정도 제공할 건 제공해야 한다고 생각해서 말이야."

"그렇게 생각해주시면 감사하고요."

류시우는 우주가 생각보다 우호적이라서 조금 놀랐다. 첩자라고 뭐라 해도 할 말이 없는 판에 지금 이렇게 류시우를 인정하는 말을 해주니 류시우는 다행이라고 생각했다.

"그러니까 초이스 교육생, 류시우. 나 좀 도와라."

"네?"

우주는 싱긋 웃으면서 류시우가 해주어야 할 일에 대해서 설명했다.

"법 제정이라. 좋은 것 같네요."

"인간 모두가 초이스가 되지 않는 이상, 결국 일반인보다 초이스가 더 높은 신체 능력을 가질 수밖에 없지. 그럼 어떻게 될까? 나쁜 마음을 먹은 놈들이 초이스가 되어서 일반인을 상대로 능력을 쓴다면……."

분명 일반인들은 초이스를 저주할 것이다. 사회적으로도 문제가 될 것이다. 범죄조직이 많아질 게 분명했다. 나라에서 초이스를 규제하지 못한다면, 그 나라는 망하고 말 것이다.

"끝이겠죠."

류시우는 우주의 말에 초이스가 범죄에 악용될 경우를 떠올렸다가 고개를 흔들었다. 최악이었다. 사실 초능력자였던 그는 초이스가 되기 이전에도 초능력을 조금씩 써서 많은 것을 할 수 있었다.

그때도 그런 상황이었는데, 초이스의 능력을 가진 자와 못 가진 자로 계층이 나뉘게 된다면 분명 가진 자들은 가

지지 못한 자를 멸시하게 될 것이다.

어쩌면 자본주의 세상에서 정말 능력 중심의 사회로 바뀔지도 몰랐다. 물론 초이스가 된다는 가정 하에 말이다. 류시우는 청와대까지 가면서 많은 생각을 했다. UN그룹, 초이스 아카데미 그리고 박우주라는 사람에 대해서.

대한민국… 아니, 현재 세계 최고의 초이스를 꼽아보자면 우주와 권창우, 남궁민이 유력한 후보라고 할 수 있다. 눈에 띄지 않게 은둔해서 살아가는 초이스들이 많을 테지만 겉으로는 그랬다.

류시우는 대통령인 한인재가 현명한 선택을 하길 바랐다. 박우주라는 사람은 절대 적으로 만들어서는 안 된다고 생각했다.

시험 준비

한 나라의 대통령이라는 존재를 청와대에 무작정 쳐들어 간다고 만날 수 있을 리가 없었다. 그렇게 생각하고 우주 가 택한 것은 대한민국의 특수요원으로 생각되는 류시우 의 행동을 관찰하는 거였다.

마침 운 좋게 뒷덜미를 잡을 수 있었고, 오면서 말빨로 류시우를 구워삶기도 했다. 그렇게 우주는 순조롭게 청와 대로 들어올 수 있었다.

"근데 이건 무슨 시추에이션이지?"

"아무래도 회장님하고 같이 가고 있다고 말씀드리지 말 걸 그랬네요."

류시우와 함께 들어오는 것까지는 순조로웠다. 그런데 차에서 내리자 열명의 경호원이 총으로 우주를 겨누고 있었다.

"이거 내가 나쁜 놈 같은데?"

"대통령 각하께선 일반인이시니까요."

보통 대통령의 신변보호가 이렇게 이루어지는지 모르겠지만 우주는 대화를 나누기 위해서는 어쩔 수 없다고 생각했다. 어쩌면 오늘 대화가 순조롭게 풀리지 않을 것 같다고 생각하면서 우주와 류시우는 대통령이 기거하는 청룡각으로 들어섰다.

청룡각은 청룡, 주작, 백호, 현무 사신수의 보호를 받으라는 이름으로 지어진 대통령의 네 집무실 중 하나였다. 우주와 류시우는 의자에 앉아서 그들을 내려다보는 한인재를 만날 수 있었다.

"박우주군?"

"안녕하십니까, 대통령님. 대한민국 국민인 박우주가 인사드립니다."

우주는 대통령을 보자마자 허리를 푹 숙였다. 한 나라의 대통령에 대한 대한민국 국민으로서의 예였다.

"TV로는 많이 봤는데, 이렇게 직접 보는 것은 처음이지? 반갑네. 대한민국 대통령, 한인재라고 한다네."

"저, 그런데 총구를 좀 내려주시면 안 될까요?"

우주의 말에 총을 겨누고 있던 자들의 인상이 꿈틀거렸다.

"제가 여기 대통령님을 암살하겠다고 온것도 아니고 이야기 좀 하자고 온 것인데, 이렇게 대접하신다면⋯⋯."

"허허. 알았네. 모두 총을 치우게."

"각하!!"

한인재는 웃어 보였다. 자신의 말에 따르라는 제스처였다. 어쩔 수 없이 총을 들고 있던 경호원들은 총을 내리고 한인재의 뒤에 시립했다.

"감사합니다."

"그래. 무슨 이야기를 하려고 이곳까지 왔는지 들어봅시다."

한인재는 초이스들의 대통령격인 우주의 의견을 듣고 싶었다. 현 세상에 대해서 말이다.

"언론에 민감하실 테니 알고 계실 겁니다. 몬스터를 죽이면 광석 혹은 보석이 떨어진다는 사실을 말입니다. 뭐굳이 그것뿐만이 아니더라도 초이스가 나타나면서 세상은 변했습니다. 초이스뿐만 아니라 인간의 생존을 위협하는 몬스터도 나타났으니까 말이죠."

"음. 그렇지."

한인재도 공감하는지 고개를 끄덕였다.

"그래서 저는 생각했습니다. 초이스에 관한 법률을 하루

빨리 제정해야 한다고 말이죠."

과연 어떤 반응이 나올지, 우주는 한인재의 눈빛을 살폈다. 한인재는 우주의 말에 연신 고개를 끄덕이고 있었다.

"좋은 생각이라고 생각하네. 나도 그 점이 항상 마음에 걸렸다네. 하지만 초이스에 대한 지식이 없으니 법을 제정할 수 없다네."

"그 법, 제가 만들어드리겠습니다."

우주의 말에 한인재가 고개를 끄덕였다. 하지만 그렇다 하더라도 문제되는 것이 있었다. 바로 초이스를 규제할 수 있는 시스템의 부재였다. 초이스 전용 감옥이 따로 있는 것도 아니었고, 범죄를 저지르는 초이스들을 잡을 사람도 없었다.

"초이스 범죄자들을 가둬놓을 시설과 범죄자들을 잡을 수 있는 초이스들까지 지원 가능한가?"

UN그룹이 운영하는 초이스 아카데미의 인원과 몬스터 구현화 시스템이라면 충분히 초이스들도 가둬둘 수 있다고 우주는 생각했다.

"초이스 아카데미 졸업생들 중에 10명은 매년 초이스 폴리스로 빼도록 하겠습니다. 실력 있는 초이스 10명이면 범죄를 저지르는 녀석들 정도는 손쉽게 잡을 수 있을 것이라고 생각합니다. 시설 측면에선 초이스들을 가둬놓을 수 있는 시스템을 구현시켜드리겠습니다. 그리고 법은 최대

한 초이스들과 일반인 모두 공평한 방향으로 제정하도록 하겠습니다."

우주의 말에 한인재가 고개를 끄덕였다. 파격적인 조건이나 마찬가지였다. 나라에서도 범죄자들이 들끓는 것은 문제였다. 거기다 범죄자들이 능력을 가지고 있는 초이스라면 더욱 골치가 아플 것 같았다.

"좋아. 자네한테 초이스의 법률에 관한 권한을 전부 내주겠네. 부디 잘 부탁하네."

생각보다 한인재가 우주의 의견을 전폭적으로 지지해주었다. 우주는 이렇게까지 잘 진행될 줄은 몰랐기에 약간 어안이 벙벙한 표정으로 한인재를 다시 보았다. 총부터 겨누기에 고집이 있을 줄 알았는데 그런 것은 없어 보였다.

"훗. 이상한가?"

우주가 아무 말이 없자 한인재가 물었다. 한인재는 우주가 아직 스스로가 얼마나 대단한지 모르고 있다고 생각했다.

"이상할 것 하나도 없네. 자네는 대접받을 자격이 있는 사람일세."

"감사합니다."

한 사람의 능력을 인정하는 것은 생각보다 힘든 일이다. 한인재는 대통령답게 우주를 인정해주고 있었다.

"자. 그럼 본론은 끝난 것 같으니, 다른 얘기를 해볼까?"

"네? 무슨 얘기요?"

다른 이야기가 또 남아 있었나 싶어서 우주가 한인재에게 묻자 한인재가 웃으면서 대답했다.

"하하. 아니, 다름이 아니라 시우 얘기일세. 계속 아카데미에 있어도 되는 거겠지?"

"당연하죠."

걸렸다고 제외시켰으면 다른 곳에서 나온 녀석들도 전부 배제시켜야만 했다. 그리고 류시우는 초이스 교육생들 중에서도 유망주라서 계속 키우고 싶었다.

"그럼 됐다네. 아, 기왕 청와대까지 왔는데 밥이나 먹고 가는 것이 어떤가?"

이제는 식사까지 권유하는 대통령의 모습에 우주는 미소를 지으면서 정중하게 거절했다.

"처리할 일들이 좀 있어서 아쉽게도 식사는 다음에 먹어야 할 것 같습니다."

"허허. 그럼 다음에 날 한번 제대로 잡읍시다."

"알겠습니다."

화기애애한 분위기 속에서 우주가 류시우에게 시선을 주었다. 일을 마쳤으면 돌아가자는 이야기였다. 류시우도 눈치가 없는 것은 아니었다. 우주의 시선을 받고 냉큼 한인재에게 다가서서 그동안 써왔던 보고서를 넘겨주었다.

"그럼 대통령 각하, 저도 아카데미 일로 좀 바쁜 관계

로… 박우주 회장과 함께 다시 복귀하도록 하겠습니다."

"그래, 그래. 알겠네. 다음에 올 때는 자네도 밥 한끼 합세."

"예. 알겠습니다!"

그렇게 이야기를 무사히 마친 우주와 류시우가 청와대 밖으로 빠져나가자 한인재가 중얼거렸다.

"일단 한시름 덜었군. 그나저나 박우주라. 하나의 나라에 해가 두개일 수는 없는데 말이야……."

* * *

초이스에 관한 법률에 대해서 생각하면서 우주는 류시우와 함께 다시 초이스 아카데미로 복귀했다. 우주가 온것을 듣고는 권창우가 우주를 찾아왔다.

"어디 다녀오셨습니까?"

"청와대."

"네?"

권창우는 자신이 잘못 들었나 싶어서 우주에게 다시 물었다. 우주도 그런 권창우의 반응을 보고 장난기가 돌아서 씨익 웃으면서 말했다.

"청와대 다녀왔다고."

"또 무슨 일을 벌이려고 거길 다녀오셨습니까?!"

권창우의 반응에 우주가 박장대소했다. 일이 생기긴 했지만 꼭 필요한 일이었다.

"초이스에 관한 법률을 만들려고."

"법이요?"

권창우가 황당한 듯 우주를 쳐다보았다. 법은 법무부장관더러 만들라고 할 것이지, 왜 직접 나서서 일을 만들어내는지 모르겠다는 표정으로 말했다.

"세계주류의 남은 지부들 정리는요?"

"아, 그것도 해야지. 너무 걱정마. 지금 어떻게 인원을 나눌지 생각하고 있으니까 말이야."

먼저 방문해야 할 곳은 대구와 광주였다. 부산과 제주를 한꺼번에 해결하기로 마음먹은 상태였다. 우주는 팀을 나눌지, 하나씩 돌아다닐지 권창우에게 물었다.

"교육생들을 나누는 것은 너무 위험합니다."

그들도 초이스이긴 하지만 아직 제대로 된 게이트에 들어가기엔 무리가 있었다. 다섯 직원도 일주일간의 험난한 훈련을 거쳐서 합격진이 만들어진 것처럼 교육생들도 제대로 된 교육이 있어야 했다.

"2차 시험, 열어."

"네?"

"초이스 교육생들한테는 1차겠구나. 어쨌든 열어. 한 일주일 굴리고 실전투입하면 되는거 아니야?"

권창우는 그럼 남은 지부들은 일주일 후에 가겠다는 말인 건지 궁금해서 우주에게 물으려고 했다.

"난 제주도 여행이나 다녀올게."

"네?"

오늘 참 여러 번 사람을 황당하게 만드는 우주였다. 무슨 말인지는 이해했다. 세계주류, 제주 지부를 혼자서 해결하겠다는 말인 것 같았다. 그런데 여행이라니. 누구랑 가겠다는 것인지 궁금했다.

"누구랑 가실 겁니까?"

"혼자가긴 좀 그러니까 독수리 오형제 데리고 갈래. 여기 좀 부탁해."

"하하. 알겠습니다."

언제 다섯 직원이 독수리 오형제로 둔갑했는지는 모르겠지만 우주의 의도를 알아들은 권창우가 머릿속으로 계획을 짜기 시작했다.

"그럼 그렇게 진짜로 시험 진행하도록 하겠습니다."

"그래, 음. 적설진은 힘을 좀 자제하라고 내가 말했다고 전해줘."

"네. 알겠습니다."

상급 초이스 중에서도 발군의 능력을 보이는 적설진이라면 시험을 금방 깨버릴 수도 있겠다는 생각이 들었다. 권창우는 할 일을 하나둘씩 정리하면서 회장실에서 물러났다.

"자. 그럼 다섯 직원을 불러볼까."

집합하라는 우주의 말에 이하늘, 석창호, 강용기, 신수아, 하태우가 모두 회장실 앞으로 모였다.

"무슨 일일까?"

"설마 또 수련하라고 하시지는 않겠지?"

"에이. 그럴 리가."

"우리 모두 오라는 거 보면 출장 아닐까?"

"가보면 알겠지."

모두 한마디씩 중얼거리면서 회장실로 들어갔다. 그리고 다섯 직원은 우주가 양손을 요리조리 움직이는 모습을 볼 수 있었다.

"회장님?"

"어, 왔어?"

다섯 직원이 들어온 모습을 본 우주가 손에 있던 녀석을 하늘로 집어던졌다. 우주의 손을 떠난 미니 아이스골렘이 공중제비를 돌아서 우주의 어깨에 착지했다.

"그건?"

"와, 귀엽다!!"

우주의 어깨에서 다섯 직원을 바라보는 미니 아이스골렘을 본 신수아가 미니 아이스골렘을 향해 손을 내밀었다. 미니 아이스골렘은 신수아가 내민 손에 조그마한 손을 갖

다 대었다.

"앗, 차가!"

"응?"

우주는 신수아가 놀라서 손을 빼는 것을 보고 미니 아이스골렘을 바라봤다. 미니 아이스골렘도 모르겠다는 눈빛으로 우주를 쳐다보고 있었다.

"괜찮아?"

"응. 너무 차가워서 순간적으로 놀랐을 뿐이야."

아무래도 자신 빼고 다른 사람들에게는 미니 아이스골렘이 차갑게 느껴지는 것 같다고 생각했다.

"그런데, 몬스터가 왜?"

"아, 펫이야."

몬스터를 펫으로 길들일 수 있다는 말은 처음 들어서 다섯 직원은 잠시 서로를 쳐다봤다가 고개를 끄덕였다. 회장님이 하시는 일이라면 별로 놀랄 것이 없다는 주의였다.

"다들 앉아. 커피라도 줄까?"

"괜찮습니다."

다섯 직원 모두가 자리에 앉자 우주가 본론을 꺼냈다.

"우리 여행 가자."

"네?"

"아, 아니. 이게 아니고, 원래 목적은 세계 주류 제주 지부에 출몰한 몬스터를 소탕하는 것. 뭐, 겸사겸사 제주도

풍경도 좀 보고 오자는 말이야.”

뜬금없이 여행을 가자고 해서 잠시 당황했던 다섯 직원은 결국 출장이라는 말에 고개를 끄덕였다. 오랜만에 다섯이 모두 밖으로 나가는 것이라 재밌을 것 같았다.

“아, 명목상 여행이긴 한데 준비는 철저히 해라. 그리핀 같은 놈이 또 있을 수도 있어.”

그리핀이라는 말에 다섯 직원이 마른침을 삼켰다. 그리핀같은 보스급 몬스터라면 위험할 수도 있었다.

“네. 알겠습니다.”

다섯 직원이 모두 고개를 끄덕이자 우주가 말했다.

“그럼 내일 출발하는 걸로 하고, 오늘은 푹 쉬도록!”

*　*　*

한편 권창우는 우주의 지시로 초이스 교육생 30명을 한곳에 집합시켰다. 그리고 상, 중, 하급의 초이스들 교육생들 향해 선언했다.

“모두 쉬고 있는데 불러서 미안하다. 좀 뜬금없지만 다음 실전을 위해서 회장님께서 너희들을 교육하라고 지시하셨다.”

갑작스런 교육이라는 말에 초이스들이 웅성거렸다. 확실히 아카데미에 입학하고 아직까지 제대로 된 교육을 받

240

지 못해서 불만인 초이스들도 있었기 때문이다.

"너희도 잘 알고 있겠지만 초이스가 제일 기본적으로 알아야 할것은 몬스터에 대한 지식이다. 오늘은 교육을 듣는다. 그리고 내일 시험이 있을 예정이니 모두 경청하는 것이 좋을 거다."

시험이 있을 거란 말에 이설화가 손을 들었다.

"질문 있습니다!"

"말해보도록."

"이번 시험을 통해서 저희가 얻을 수 있는 것은 무엇입니까?"

하급이라고 판정받은 것이 어지간히도 불만이었는지 이설화의 질문은 사뭇 도전적이었다. 권창우가 잠시 생각해보더니 대답을 했다.

"물론 보상이 있어야겠지. 시험 성적이 우수한 녀석들은 다음에 있을 판정에서 높은 클래스를 책정 받을 수 있게 해주겠다. 아직 정해지지는 않았지만 아카데미를 수료하고 나서 초이스만 할 수 있는 전문적인 일자리 제공도 가능하다. 쩝. 뭐, 이런 것은 부수적인 것들이고. 이번 시험에서 제일 눈에 띄는 활약을 한 자에게는 이 아이템을 상품으로 주겠다."

권창우가 꺼내든 것은 아이스골렘을 처리하고 나온 빙정의 조각이었다.

"아, 그리고 이번 시험에서 적설진은 최대한 몸을 사리라는 회장님의 지시가 있었다. 즉, 다른 초이스들한테도 기회가 있다는 말이다. 알겠나?"

"네. 알겠습니다!"

적설진을 특별 대우하는 것 같았지만 적설진이 나서지 않는다면 다른 초이스들한테 기회가 있는 것은 사실이었다. 초이스들의 눈이 번뜩이기 시작했다.

"미리 말하지만 오늘 교육을 잘 들어놓는 것이 좋을 것이다. 그럼 오늘 너희를 교육해주실 강사님을 소개하겠다."

권창우가 뒤로 물러섰고 단상위로 이만길이 올라섰다.

"안녕하십니까, 초이스 교육생 여러분. 몬스터 대책팀 팀장, 이만길이라고 합니다."

그렇게 이만길이 일반부 교육생들에게 실시한 교육이 똑같이 초이스 교육생들에게 실시되었다.

교육이 끝난 후, 초이스 교육생들은 일반부 교육생들처럼 팀별로 모여서 시험을 대비했다.

"일반부한테 들었는데 시험이 실제 몬스터를 쓰러뜨리는 거라던데요?"

상급팀 팀장을 맡은 강태풍이 벌써 정보를 수집하고 왔는지 상급팀을 모아두고 이야기 주도하고 있었다.

"그래서 말인데요. 이제 다들 통성명이라도 하는 것이 어떨까요? 내일 있을 시험에서 적설진님이 아무것도 하지

않으신다고 하니, 저희들끼리라도 힘을 합쳐야 될 것 같아요."

강태풍의 말에 벽에 몸을 기대고 서 있는 적설진을 상급 팀 모두가 한번씩 쳐다보았다. 그것뿐이었다. 아무도 대답은 없었다.

"에휴. 그러면 하는 수 없죠. 연무장으로 가요. 가서 서열을 확실하게 정하자고요."

강태풍의 도발에 모두가 놀랍다는 듯 강태풍을 쳐다보았다. 설마 팀장이 먼저 저렇게 말을 꺼낼 줄은 몰랐기 때문이다.

"당민우다."

단도를 손질하던 사내가 이름을 밝혔다. 한명이 이름을 밝히자 자연스럽게 하나둘씩 이름을 밝히기 시작했다.

"지은우."

자신의 이름을 지은우라고 밝힌 사내는 투블럭 머리에 앞머리를 눈썹까지 기른 단정한 사내였다. 평소에도 쥐 죽은 듯이 있어서 정확히 어떤 능력을 가졌는지 파악할 수가 없는 사내였다.

"강민호."

농구공을 항상 가지고 있는 것을 보면 운동 관련 초이스 능력자일 것 같았다. 하지만 강민호란 사람 역시 스포츠웨어를 자주 걸치는 것을 빼고는 뚜렷한 특징이 없는 사람이었다.

"박수봉."

항상 얼굴에 마스크를 끼고 있는 사내였다. 머리도 단발 정도의 길이로 기르고 있어서 그런지 남자치고는 답답한 느낌을 주었다.

"채민아."

상급 초이스팀의 홍일점이었다. 진한 갈색머리를 길게 기른 미모가 돋보이는 여인이었다. 마찬가지로 무슨 능력을 가진 것인지는 의문이었다.

"최진수."

가르마 펌을 했는지 오대오로 갈라진 머리가 포인트인 최진수는 항상 책을 소지하고 다녔다. 책과 관련된 초이스일 것 같은데, 싸움에 써먹을 수 있을지는 미지수였다.

"임철진."

"황보군."

마지막으로 임철진과 황보군은 쉬지 않고 운동을 하는 콤비였다. 몸이 우락부락한 것이 다른 상급 팀원들과 다르게 어디에 써먹어야 될지 너무 확실해 보이는 콤비였다.

강태풍은 그렇게 생각하면서 이름과 특징을 매치시켰다. 적설진을 제외하고 전략을 짜려면 굉장히 골치 아플 것 같았다. 그래도 최대한 자제하라고만 했지, 빠지라고는 하지 않았기에 적설진 역시 적재적소에 써먹을 수 있을

것이다.

"자. 그럼 전략을 짜볼까요?"

* * *

강태풍이 상급팀의 팀워크를 돈독하게 만들고 있을 때, 청와대를 다녀와서 소집당한 류시우도 중급팀을 모았다.

"시험 어렵답니까?"

"하. 공부는 어려운데……."

"망할. 여기서도 시험을 쳐야 하는 거야?!"

소란스러운 중급팀을 보면서 다시 한번 한숨을 내쉰 류시우가 눈에 힘을 주었다.

징—

그리고 염력을 발동시켜서 모두를 집중시켰다. 수다를 떨던 중급 팀원들이 분위기가 가라앉은 것을 느끼고 류시우를 쳐다보았다.

"자. 팀원님들. 내일 시험은 학교에서 치는 시험같은 게 아니라 직접 몬스터랑 몸의 대화(?)를 나누는 시험이랍니다. 여러분들께서 자신 있어 하는 종목, 아닌가요?"

공부해서 치는 시험이 아니라는 말에 급격하게 화색을 띄는 중급팀 팀원들을 보면서 류시우는 생각했다.

'이 사람들로 어떻게 상급팀을 제치고 우수한 성적을 받

을 수 있을까…….'

 머리는 혼자서 다 써야 할것만 같았다.

 류시우처럼 고민하고 있는 사람이 한명 더 있었으니. 바로 하급팀 팀장인 이설화였다. 그녀도 골머리를 썩이고 있기는 마찬가지였다. 상급과 중급에 비해 하급팀 초이스들은 정말 실력 차이가 컸다.

 정말 어쩌다 초이스가 된 자들로 구성되어 있는 것이 하급팀이었다. 아직 자신의 능력을 잘 다루지도 못했고, 어떻게 능력을 사용해야 하는지 모르는 자들도 있었다.

 이설화는 평소처럼 팀원들을 때리지도 않고 얼리지도 않았다. 그래서 그런지 분위기가 매우 심각했다. 평소처럼 활기찬 모습이라면 어떻게 말이라도 하겠는데, 그렇지 않아 팀원들도 침묵할 뿐이었다. 또한 그녀의 고민이 하급팀의 실력 때문이라는 것을 팀원들은 너무 잘 알고 있었다.

 "여태까지는 그냥 나 혼자 열심히 하면 된다고 생각했는데, 이 시험은 그게 아닐 것 같아서 말이야. 너희들의 도움이 필요요. 그러니까 오늘 밤을 새서라도 연구하자."

 "네? 무엇을요?"

 하급 팀원들은 능력이 형편없는 대신 하고자 하는 열정과 뛰어난 머리를 가지고 있었다. 몬스터에 대한 이만길의 교육도 이미 머릿속에 전부 입력되어 있는 상태였다.

 "뭐긴. 너희들도 초이스잖아. 너희 공부 잘하는 건 내가

가장 잘 아니까 그 부분에 대해서는 걱정이 안 돼. 그런데 능력을 사용하는 것에 대해서는 걱정이 되거든. 그러니까 너희들의 능력, 우리가 모두 머리를 맞대고 열심히 분석해 보자는 것이지."

"알겠습니다!!"

능력을 잘 사용하고 싶다는 마음은 하급팀 누구나 가지고 있었다. 아카데미 교육을 통해서 능력을 사용하는 법에 대해서도 배울 수 있을 줄 알았는데 아직까지 그런 수업이 없어서 아쉬워하고 있었다.

그런데 이설화처럼 능력을 잘 다루는 초이스가 능력을 다루는 방법을 가르쳐준다니. 능력에 목이 마른 그들에게는 최고로 도움이 되는 일이었다.

아카데미 측에서 간과하고 있는 것이 이런 부분이었다. 아무래도 이미 초이스가 된 자들은 어느 정도 능력을 잘 다룰 수 있다는 판단을 하고 있었다.

초이스 하급팀의 교관은 하태우. 과묵하고 무뚝뚝했기에 그에게 말을 걸 수 있는 사람은 이설화가 유일했다. 거기다 지금은 다른 업무를 보러 간 상태라서 도움을 청할 수도 없는 상태였고 말이다.

"좋아. 모두 연무장으로 가자!!"

그렇게 각 팀별로 시험을 대비하기 시작했다.

강태풍

　날이 밝았다. 시험은 오후로 예정되어 있어서 모두 휴식을 취하고 있었다. 하급팀같은 경우는 밤을 새면서 능력을 사용하는 방법에 대해 배웠기에 전부 곯아떨어진 상태였다. 중급팀은 아무 대책 없이 하루를 보냈고, 상급팀은 강태풍의 지시를 철저하게 따르기로 결정한 상태였다.

　그렇게 누구는 점심을 먹으며 여유를 충분히 즐긴 상태로, 누구는 방금 일어난 상태로 시험장소에 향했다.

　"강당에서 시험을 친다고?"

　"설마 학교 시험처럼 치는건 아니겠지?"

　강당으로 오라는 말을 들은 초이스 교육생들은 시험방식

에 대해서 웅성거리기 시작했다. 어쨌든 30명이 다 모이자 권창우가 앞으로 나섰다.

"지금 일어난 것 같은 교육생들도 있군? 어젯밤에 열심히 시험공부를 했나보구나."

머리가 헝클어진 초이스들은 대부분 하급팀이었다. 권창우는 이설화가 하급팀을 어떻게 바꿨을지 기대하면서 강당에 기를 주입하기 시작했다.

일반부 때는 1단계였지만 초이스 교육생들은 2단계였다. 몬스터 구현화 시스템이 작동하면서 강당이 움직이기 시작했다.

점점 연무장처럼 변하는 강당의 모습에 초이스 교육생들은 감탄하는 얼굴이었다. 강태풍과 류시우, 이설화는 권창우의 모습을 지켜보고 있었다.

어떻게 몬스터를 소환하는 것인지 원리를 파악하려고 노력하는 것이다. 권창우는 그런 팀장들의 시선에도 불구하고 미소만 짓고 있었다.

"행운을 빈다. 모두 최선을 다하도록."

강태풍과 류시우, 이설화는 권창우가 모습을 감추는 것을 보고 두눈을 부릅떴다.

'사라졌다?'

신기루처럼 사라진 권창우를 찾던 각 팀의 팀장들은 땅이 진동하는 것을 느끼고 각 팀의 팀원들을 조율하기 시작

했다.

"무언가 옵니다!!"

"이렇게 갑자기?!"

쿠르릉—

어느새 대리석으로 되어 있던 바닥이 흙으로 변해 있었다. 그리고 땅에서 지렁이같은 몬스터 웜이 튀어나왔다. 무려 세마리였다.

"피해!!"

이설화가 가장 먼저 소리쳤다. 하급팀의 수준으로 웜을 상대하는 것은 무리였다.

"온다!!"

하급팀이 피하기에 급급했다면, 중급팀은 싸움을 하는 상황이 오자 누구보다 투지가 불타오른 것처럼 보였다. 류시우는 상황에 맞춰서 대처하기 위해 팀원들을 적재적소에 배치하려고 했다.

"쌍칼님!"

"오오. 걱정마!!"

웜의 공격을 피하면서 양손에 들고 있는 검을 휘두르는 쌍칼을 보고 류시우는 생각보다 중급팀의 실력이 꽤 괜찮다는 것을 깨달았다.

"당민우씨. 벌집으로 만들어버리세요."

당민우는 웜이 덮쳐오는 것을 보고도 지시를 내리는 강

태풍을 신기하게 생각하면서 그의 말을 따랐다. 배치라는 능력을 밝힌 순간, 그의 지시를 따르는 것이 수월하겠다고 생각했기 때문이다.

'그런데 내가 당가의 사람이란 것을 알고 있었던가?'

평소에 단도를 손질하는 모습만 보고 예측한 거라면 참 통찰력이 좋은 사내인 듯했다. 당민우가 손을 뿌렸다. 어느새 그의 손에는 단도 수십개가 들려 있었다.

"지렁이 새끼가 어디서 감히."

단도가 웜의 입안에 모두 박히려는 순간이었다. 웜이 단도가 날아오는 것을 보고 땅속으로 순식간에 숨어버렸다.

"강민호씨, 덩크!!"

"뭐?"

강태풍의 지시를 받은 강민호가 일단 덩크를 하는 것처럼 뛰어오르긴 했다. 하지만 '웜도 없는데 덩크는 무슨'이라고 생각하려던 찰나, 강민호의 앞에 웜이 솟아났다.

"이럴 수가?"

가지고 있던 농구공을 꺼내든 강민호가 그대로 웜을 내려찍었다.

쾅!!

"와. 대박이네."

웜이 그대로 나가 떨어졌다. 왜 상급팀으로 판정 난 것인지 이해할 만한 파괴력이었다.

그것도 그렇지만 상급 팀원들은 강태풍을 더 괴물로 보고 있었다. 공격을 정확히 예측하고 지시를 내린 것이다.

"아직 안 끝났습니다!!"

쓰러진 웜이 다시 바닥으로 숨어들었다. 어디서 튀어나올지 모르는 웜 때문에 모두 긴장하기 시작했다.

"밑."

그동안 가만히 상황을 지켜보던 적설진이 중얼거렸다. 강태풍이 그걸 듣고 소리쳤다.

"모두 퍼져!!"

쿠와왕!!

거대한 웜의 입이 모래를 뚫고 솟구쳤다. 다행히 강태풍의 지시로 모두 웜의 공격을 피할 수 있었다.

"임철진씨, 황보군씨. 녀석의 꼬리를 잡아주세요!"

임철진과 황보군이 피한 자리에 우연히 웜의 꼬리가 있었다. 임철진과 황보군은 강태풍의 지시에 급히 녀석의 꼬리를 잡아챘다.

"키이익!"

"웜, 드래곤과는 달리 크기가 큰 공격적인 벌레일 뿐이다."

강태풍이 중얼거렸다. 벌레일 뿐이다. 강태풍은 최진수를 돌아봤다. 매일 들고 다니던 책이 펼쳐져 있었다.

"최진수씨! 불입니다! 불로 녀석을 태워버리세요!!"

"오케이! 파이어 월(Fire Wall)!!"

거대한 불의 벽이 형성되었다.

"으랴아아아!!"

불의 벽이 솟아오른 곳으로 임철진과 황보군이 웜을 집어던졌다. 그러자 웜의 몸이 순식간에 불타올랐다.

그 모습을 보면서 최진수가 강태풍을 바라봤다. '팀장은 어떻게 내가 마법을 쓸 수 있다는 걸 알았을까?'하는 의문이 들었다. 나중에 물어보면 될 일이었다.

최진수는 웜이 불타는 것을 보고, 중급팀과 하급팀 쪽을 바라보았다. 류시우가 고래고래 소리를 지르고 있었지만 중급 팀원들이 류시우의 말을 전부 따르지 못하고 있었다.

하급팀은 생각보다 선방하고 있었다. 이설화의 냉철한 지시에 따라서 미숙하지만 한명, 한명이 정확히 웜의 약점을 공략하고 있었다. 최진수는 하급팀 녀석들이 꽤 머리가 좋다고 생각했다.

잠시 주변을 살피고 있을 때, 웜이 전부 불타버렸는지 불길이 수그러들었다. 최진수는 가까이 다가온 강태풍을 돌아보았다.

다른 팀원들도 강태풍에게 하고 싶은 말이 많은 듯 보였다. 그걸 눈치챘는지 강태풍이 먼저 선수를 쳤다.

"하하. 무슨 질문을 할지 너무 뻔해서 먼저 얘기하는데요. 전부 추측이었습니다. 대충 각을 재고 '이러면 좋겠는

256

데…'한 일들이 정말 이루어진 것입니다. 운이에요. 운."

"말도 안 돼."

"맞아. 난 농구공을 보고 예측할 수 있다 하더라도 최진수가 책을 들고 다닌다고 마법을 쓸 수 있을 거라 예상한다는 것은 말이 안 되잖아."

강민호의 말이 맞았다. 예상과 추측은 엄연히 다른 말이었다.

"음. 그럼 하나 추가적으로 말씀을 드릴게요. 레벨 업을 하면서 얻은 스텟을 모두 행운에 투자했다고 말씀드리면 믿으실 건가요?"

강태풍의 말에 상급팀 전원이 어리벙벙한 표정으로 강태풍을 바라보았다. 거짓말을 할 사람은 아니었다. 그렇다면 추측에 운을 더해서 예상을 만들어내었다는 말이다. 정말 대단하다고 생각했다.

"뭐, 어쨌든 이걸로 우수팀은 역시 우리 상급팀이……."

그때 하급팀에서 강력한 기의 파동이 퍼지는 것을 느꼈다. 상급 팀원 전원이 하급팀 쪽을 바라보았다.

이설화가 웜 한마리를 완전히 얼려버렸고, 다른 팀원들이 웜을 박살내버리는 장면을 볼 수 있었다. 그러자 그들 모두에게 하나의 메시지 창이 떴다.

[웜 두마리를 무찌르셨습니다. 블러드 웜이 출현합니

다.]

블러드 웜이 출현했다는 말에 강태풍이 재빠르게 지시를
내렸다.

"모두 엎드리세요!!"

"쿼이익!!"

거대한 핏빛 지렁이가 땅속에서 튀어나와 상급 팀원들의
위로 지나갔다. 블러드 웜은 일단 목표를 중급팀으로 잡은
모양이었다. 점점 더 수세에 몰리고 있는 웜을 구하려고
하는 것 같았다.

"채민아씨! 무슨 방도 없어요?! 목표는 중급팀 보호입니
다!"

"너, 능력 정말 사기란 거 알지?!"

강태풍의 부름에 채민아가 응답했다. 곧 채민아가 영창
을 하기 시작했다. 그러자 중급 팀원 전원에게 보호막같은
것이 형성되었다.

그리고 보호막이 형성된 중급 팀원들을 블러드 웜이 덮
쳤다.

"크아악!!"

엄청 아플 줄 알고 소리를 지른 우락부락한 덩치들은 의
외로 아무런 감각이 느껴지지 않자 감았던 눈을 떴다. 금
빛 보호막이 자신들을 보호해주고 있었다.

"미친. 깜짝 놀랐네."

"안 피하고 뭐하십니까!!"

류시우가 그런 팀원을 염력으로 들어 올려서 상급팀이 있는 쪽으로 던져버렸다. 중급팀만으로 웜 하나를 처리하는 것은 무리였다.

"죄송합니다!! 부탁 좀 드리겠습니다!!"

류시우가 강태풍을 보고 고개를 숙이자 강태풍이 걱정 말라는 제스처를 취했다.

"적설진님!"

"나서도 되는 건가?"

"블러드 웜은 두시고 일반 웜들만 처리 부탁드리겠습니다."

어차피 시험은 블러드 웜까지 처리하는 것이다. 중급팀은 포기를 한거나 마찬가지였기에 적설진이 나서도 아무런 지장이 없을 거라고 강태풍은 생각했다.

"그럼 저 녀석은 내가 처리하지."

한편 블러드 웜은 날카로운 이빨로 인간들을 꿰뚫지 못하자 극도로 흥분한 상태가 되었다.

"다음번은 무리야!!"

채민아의 외침에도 강태풍은 여유롭게 상황을 살피고 있었다. 블러드 웜의 약점이 무엇일지 열심히 머리를 굴리고 있었다.

"팀장!!"

"걱정 마세요. 두분께서 구하러 가셨으니까요."

"응?"

그러고 보니 지은우와 박수봉이 사라졌다는 것을 깨달은 채민아가 중급 팀원들이 있던 곳을 바라보았다. 소리 소문 없이 사람들이 한명씩 사라지고 있었다.

"뭐야? 사라지네?!"

쩌정—

그때 남아 있던 한마리의 웜도 얼어붙어버렸다. 그 모습을 확인한 강태풍은 남은 블러드 웜을 어떻게 처리할 것인지 생각해내었다.

그래서 이설화를 불렀다.

"이설화씨!!"

"왜 불러요!!"

상당히 거리가 떨어져 있음에도 불구하고 이설화는 강태풍의 목소리를 들을 수 있었다. 강태풍은 씨익 웃어 보이면서 손짓으로 작전을 설명했다.

"뭐라는 거야?"

이설화는 강태풍의 수신호를 알아듣지 못했다. 그때 이설화의 옆에 있던 하급 팀원이 강태풍의 수신호를 읽어냈다.

"옆에 거대한 얼음 구덩이를 만들라는데요?"

"대체 어떻게 알아들은 거야?!"

"하하."

어쨌든 무사히 작전을 전달받았다고 사인을 하자 강태풍이 양손으로 동그라미 표시를 그렸다. 알겠다는 표시였다.

"자. 그럼 최진수씨, 이설화씨가 만든 얼음구덩이 안에 지옥 불을 준비해주세요."

"얼음구덩이 속에 타오르는 불을 집어넣으라고?"

"가능할 겁니다. 민호씨가 도와준다면요."

강민호는 강태풍이 각 사람들의 능력을 전부 알아내서 지시를 내리고 있다고 생각했다.

"농구공 속에 그 불 마법 넣을 수 있나?"

"어, 가능은 한데……."

"임철진씨, 황보군씨. 다시 한번 어그로 부탁드리겠습니다."

임철진과 황보군은 고개를 끄덕였다. 미끼 역할이라면 자신 있었다.

"엄호는 당민우씨가 맡아주세요."

"갔다 왔다."

강태풍이 당민우를 돌아보면서 말을 뱉어냈을 때, 지은우와 박수봉이 소리 소문 없이 나타나서 말했다.

"감사합니다. 그럼 블러드 웜 사냥. 시작하겠습니다."

＊　＊　＊

　권창우는 상급팀의 팀워크가 믿기지 않는 듯 뚫어져라 쳐다보고 있었다. 다섯 직원보다 완벽한 합을 보이고 있었기 때문이다. 강태풍의 지시로 팀이 하나가 되고 있었다.

　"마음대로 하게 내버려둘 순 없지."

　권창우가 기를 조금 더 주입했다. 그러자 블러드 웜의 눈빛이 더욱 빨개지면서 강태풍을 시야에 넣었다.

　"지은우씨, 박수봉씨. 호위 부탁드리겠습니다. 저 녀석, 아무래도 목표를 저로 설정한 것 같은데요?"

　"준비 완료!!"

　그때 이설화가 준비되었다고 크게 소리를 쳤고, 작전이 시작되었다. 동시에 임철진과 황보군이 주먹을 뻗어대면서 블러드 웜을 향해 달려갔다. 그들은 주먹에서 권풍을 쏘며 블러드 웜을 때리기 시작했다.

　블러드 웜은 타겟을 강태풍으로 잡은 상태라서 임철진과 황보군이 쏘아대는 권풍 따위는 가볍게 무시하고 강태풍을 향해 달려들었다.

　"어딜!!"

　그러자 당민우가 단도로 블러드 웜의 이동 방향에 제한을 걸었다. 독이 가득 발라져 있는 단도는 블러드 웜에게

도 위험이 되었다.

"퀴이익!!"

하지만 그럼에도 불구하고 목표가 강태풍인 것은 변하지 않은 듯했다.

스윽——

지은우와 박수봉이 잠영술을 펼쳐서 다가오는 블러드 웜을 베어버릴 준비를 했다. 호위를 부탁했으니 무슨 일이 있어도 강태풍을 지켜야만 했다.

적설진은 멀찍이 떨어져서 강태풍의 전술을 구경하고 있었다.

"여기도 준비 완료!"

그때 최진수와 강민호가 준비되었다는 사인을 보내왔다. 강태풍은 씨익 웃었다. 모든 준비가 된 강태풍이 류시우를 불렀다.

"류시우씨!!"

"오케이!!"

강태풍은 마치 미사일처럼 쏘아져나갔다. 류시우의 염력을 통해서 하늘을 날고 있는 것이다. 직접 미끼가 된 강태풍을 본 블러드 웜이 미친 듯이 강태풍을 쫓기 시작했다. 그리고 만들어놓은 함정에 강태풍이 사뿐히 내려앉았다.

"빛의 가호!!"

채민아의 가호가 강태풍을 휘감았다. 강태풍은 달려드는 블러드 웜을 얼음구덩이로 유인했다.

"강민호씨, 이설화씨!!"

"대기하고 있었습니다. 파워 패스!!"

"류시우씨!!"

"걱정 마십쇼!!"

강민호가 던진 농구공에 블러드 웜이 머리를 맞음과 동시에 강태풍은 류시우의 염력을 통해 멀리 떨어진 곳으로 날아가버렸다. 그리고 미리 준비해두었던 구덩이에서 얼음 조각이 비산하면서 하늘로 솟구쳐 올랐다.

그리고 곧 거대한 폭발이 일어났다.

[블러드 웜을 처치하셨습니다. 시험이 종료됩니다.]

시험이 종료되었다는 알림이 나오고, 주변 환경이 변하기 시작했다. 어느새 다시 강당 안으로 돌아온 그들은 멀쩡한 주변 환경에 무언가 홀린 것 같은 기분이 들었다.

"대단한데? 이 정도로 엄청난 팀워크를 보일 줄이야."

권창우가 강태풍한테 다가가면서 말했다.

"하마터면 죽을 뻔했는데요?"

"안 죽었잖아?"

맞는 말이었다. 결과적으로 작전은 성공했다. 사상자를

단 한명도 내지 않고 시험을 무사히 마칠 수 있었다. 시험에 참여한 초이스들 모두 이 업적이 한 사람으로부터 비롯되었다는 것을 여실히 느끼고 있었다.

"강태풍. 1차 시험 최우수 초이스는 너다."

"네?"

"이견 있는 사람?"

짝짝짝.

적설진이 박수를 치기 시작하자 주변에 있던 초이스들도 모두 박수를 쳤다. 적설진만 대단한 줄 알았더니 좀 더 대단한 초이스가 있었다. 적어도 여기 있는 서른명에게는 엄청난 입지를 다질 수 있었다.

"하하하. 영광이네요. 감사합니다."

"약속된 보상은 쉬고 난 후에 지급하도록 하지. 벌써 저녁이 되었다. 시험은 끝났으니 모두 푹 쉬도록. 아, 그리고 깜빡했는데 너희는 며칠 후에 광주로 실전을 치르러 간다. 그때까지 오늘 시험을 곱씹어보도록! 이상, 해산!"

권창우가 할 말은 끝났다는 듯 몸을 돌리자 상, 중, 하급 모두가 강태풍에게로 모였다. 류시우와 이설화가 가장 먼저 각 팀을 대표해서 강태풍에게 감사인사를 했다. 강태풍이 아니었으면 꽤 많은 사상자가 발생했을 것이다.

"고맙다."

"고맙다는 표시는 저기 서 있는 지은우씨와 박수봉씨한

테 하세요. 여러분을 직접 구해내온 당사자들이니까요."

"괜찮다."

무뚝뚝한 말투에 고개를 숙여 보인 중급팀은 류시우를 제외하고 모두 숙소로 돌아갔다. 하급팀 역시 이설화가 먼저 가서 쉬고 있으라고 명령해 중급팀의 뒤를 따랐다.

"대단했어. 당신 아니었으면… 어쨌든 고마워. 이 빚은 다음에 갚도록 할게."

이설화의 말에 강태풍은 빙긋 웃어주는 것으로 대답을 대신 했다.

"많이 힘들어 보이는군."

"하하. 저도 머리를 최대한 썼으니까요. 머리가 터져나갈 지경이에요."

적설진이 강태풍에게 다가와서 말하자 강태풍이 고개를 저었다. 확실히 과도하게 머리를 쓰긴 했다. 지끈거리는 것이 정신력을 너무 많이 소모한 것 같았다.

"우리들의 능력은 언제 파악한 건가요?"

상급팀의 홍일점, 채민아가 다가와서 강태풍을 향해 물었다.

"말했잖아요. 추측과 운이 더해지면 예상이 된다고."

"그 말이 진실이면, 정말 당신은 대단한 사람이네요."

채민아는 강태풍에게 다가와서 강태풍의 머리 위에 손을 올렸다.

"조금 쉬세요. 빛의 축복."

머리가 조금 상쾌해지는 것을 느끼며 강태풍이 스르르 잠들었다.

"통성명도 안 했던 우리가 이 녀석을 중심으로 힘을 합쳐서 싸우게 될 줄이야. 안 그렇습니까? 당민우씨?"

"흥."

당민우는 곤히 잠든 강태풍의 얼굴을 한번 쓱 보고는 숙소로 향했다. 이번 시험을 계기로 상급팀은 각자를 조금 더 잘 알 수 있게 된 것 같았다.

그렇게 강태풍은 모든 초이스들의 영입대상 1순위로 책정되었다. 적설진보다 강태풍이 더 유능한 인재라고 파악한 것이다.

*   *   *

"시험은 이렇게 마무리되었습니다."

"어. 그래. 수고했어."

우주는 다섯 직원과 함께 제주도행 비행기를 타고 있었다. 시험 결과를 전화로 들은 우주는 몬스터 구현화 2단계쯤은 초이스 교육생들에게 별로 어렵지 않다는 것을 알 수 있었다.

"그나저나 강태풍이라. 꽤 좋은 인재를 찾았는걸?"

적설진 하나만으로도 아카데미 최고의 인재를 찾았다는 생각에 기뻤는데, 적설진같은 인재가 한명 더 있다니. 이런 인재들은 우주에게 복이었다.

배치 능력을 가지고 있는 초이스라는 말에 우주는 스캔을 떠올렸다. 어쩌면 그 녀석도 이 눈을 가지고 있을지도 모른다.

제주까지 가는 길은 평안했다. 비행기로 1시간만 가면 제주도에 도착했기 때문이다. 그리고 곧 제주공항에 도착한다.

다섯 직원은 완전히 놀러온 분위기였다. 물론 여행 가자고 먼저 말한 것은 우주였다.

"야. 다 왔어. 내려."

"어? 벌써?"

신수아가 하태우를 깨우는 모습을 보면서 우주는 제주지부가 어디에 붙어 있는지 검색하기 시작했다.

"와. 이건 해도 해도 너무했다."

한라산 정상에 술을 파는 곳을 차려놓다니. 결국 우주는 다섯 직원과 함께 한라산 등반을 할 수밖에 없었다.

"후. 회장님. 여행이라더니……."

"일단 몬스터 퇴치가 먼저지. 일부터 하고 푹 쉬자고."

불평을 내뱉는 신수아를 달래면서 우주는 주변 경관을 구경하면서 한라산을 올랐다. 한라산 정상에 세계주류를

차려놓을 생각을 하다니. 세계 주류 회장도 참 특이한 취미를 가졌다고 우주는 생각했다.

수다도 떨고 이러저러한 생각도 하면서 등반을 하다 보니, 어느새 다섯 직원과 우주는 정상에 도착할 수 있었다.

"뭐야? 지부 맞는 거죠?"

한라산 정상에 있다고 하던 세계 주류 제주 지부는 이미 폐허가 되어 있었다.

"심각한데?"

"불타올랐는데요?"

게이트가 어디에 형성되었는지 찾던 우주는 백록담에서 게이트의 빛이 새어나오는 것을 볼 수 있었다.

"왜 이렇게 타버렸는지 알겠는데?"

화산호 안에 게이트가 생성되어 있었다. 결국 게이트에 진입하려면 분화구로 뛰어들어야 한다는 말이었다.

"한라산이 사화산이라고 하지만 몬스터가 등장할 정도인데 폭발하지 말라는 법도 없잖아?"

"회장님 말씀도 맞는데요. 저거 그대로 냅뒀다가 폭발하면 제주도는 지옥의 땅으로 변할걸요?"

강용기의 말에 우주가 용기를 내야겠다고 생각했다.

"후. 할 수 없지. 모두 진입한다."

낑낑—

우주가 뜨거운 김을 내뿜는 분화구로 진입하려 하자 미

니 아이스골렘이 우주의 머리 위에서 우주의 머리카락을 잡았다.

우주는 더워서 그런가보다 생각하고 미니 아이스골렘을 잠시 땅에 내려주었다.

"나올 때까지 얌전히 기다려. 알겠지?"

시무룩한 미니 아이스골렘의 모습에 우주가 미소를 지었다. 그러자 미니 아이스골렘이 우주의 가슴팍을 가리켰다.

안주머니에 빙정이 있다는 사실을 깨달은 우주가 혹시나 싶어서 빙정을 꺼내서 미니 아이스골렘에게 보여주었다. 그러자 미니 아이스골렘은 빙정 안으로 스윽 하고 들어가 버렸다.

"이야. 이런 능력도 있었어?"

더 이상 더위를 걱정하지 않아도 됐다. 그렇게 우주는 다섯 직원과 함께 백록담으로 뛰어들었다.

"으아아아!!"

고소공포증을 가지고 있는 이하늘의 비명소리와 함께 다섯 직원은 게이트에 삼켜졌다.

[*B급 게이트(와이번의 분화구)로 진입하셨습니다.]
—마그마 와이번과 와이번 10마리를 처리하시오.
—마그마 와이번 (0/1), 와이번 (0/10)

—뜨거운 열기가 느껴집니다. 땀으로 인해 체력이 감소합니다.

—보상 : ???

—실패시 패널티 : 화상, 중상.

'수락하시겠습니까? (Y/N)'

"덥군요."

확실히 더웠다. 우주는 빙정 때문에 그렇게 덥지 않았지만 다섯 직원은 게이트에 들어오자마자 열기를 뿜고 있었다.

"그나저나 와이번이라는데?"

와이번은 그리핀과 비슷한 수준의 몬스터라고 알고 있었다. 그런 와이번을 열마리나 잡아야 했다. 거기다 마지막에는 마그마 와이번 한마리도 처리해야만 했다.

우주가 있으니까 괜찮다고 생각하면서 다섯 직원은 각자무기를 꺼내서 전투 준비를 하기 시작했다.

"그래도 와이번을 잡으면 와이번의 내단이 나오지 않을까?"

그리핀의 내단을 먹고 바람의 힘을 얻게 된 신수아가 말했다. 그 말에 다섯 직원은 부푼 꿈을 가지고 와이번 사냥에 대한 의지를 불태웠다.

"와이번의 내단은 내가 꼭!!"

우주는 그런 다섯 직원을 피식거리면서 바라봤다. 걸어서 점점 안으로 들어가고 있는데도 불구하고 와이번은 코빼기도 보이지 않았다. 이상함을 느낀 우주가 하늘을 올려다보았다.

"애들아, 준비해라."

"네?"

"포위됐어."

의문

하늘에서 삼지창을 들고 있는 와이번들이 날개를 퍼덕이며 우주를 바라보고 있었다. 하늘에서 공격이 쏟아진다면 막을 수 있는 방도 따위는 없었다. 우주는 광역기를 펼칠까 생각하다 바람의 기운이 움직이는 것을 느끼고 신수아를 일단 믿어보기로 했다.

그리핀의 내단을 흡수하고 강해진 그녀의 실력을 한번쯤 봐두는 것도 나쁘지 않을 것 같았다.

"열마리 모두 쏴서 맞힐 수 있겠어?"

"전부는 어려울 것 같은데요."

"죽이려 들지 말고 아래로 떨어뜨려. 떨어지면 우리가

알아서 처리할 테니.”

신수아는 우주의 말에 고개를 끄덕였다. 공중에 있어서 잡기 힘들 뿐이었다. 지상으로 떨어지는 순간, 우주의 ‘윈드 오브 썬더’로 통구이를 만드는 것은 식은 죽 먹기였다.

“그럼 시작하겠습니다.”

휘익―

신수아가 화살을 꺼내들고 하늘로 겨누었다. 바람의 기운이 화살에 가득 모이기 시작했다. 기운이 한점에 집중된 순간 신수아가 시위를 놓았다.

그리고 신수아가 쏜 화살은 정확히 와이번의 날개를 꿰뚫었다. 날개를 잃은 와이번이 아래로 떨어져 내리기 시작했다. 곧 떨어지는 와이번을 애타게 기다리고 있던 석창호가 창을 던졌다.

석창호 역시 아카데미에서 놀고만 있던 것이 아니었다. 창에 기를 담아낼 수 있는 수준이 되어 있었다. 떨어지는 와이번 정도는 원샷 원킬로 처리할 수 있었다.

석창호의 창에 몸통을 뚫린 와이번이 추락했다. 신수아가 활로 날개를 뚫어서 떨어뜨리고, 석창호가 창으로 꿰뚫고, 남은 셋이 와이번을 해체시켜버렸다.

우주는 그 모습을 보고 다섯 직원도 꽤 많은 발전을 이루었다는 것을 알 수 있었다.

“거의 뭐, 공장 수준인데?”

신수아가 활로 날개를 맞혀 격추시키고 땅에서 대기하던 직원들이 와이번을 분해시켜버리는 작전은 정말 잘 먹히고 있었다.

우주는 도우려다가 그냥 뒷짐을 지고 구경하는 중이었다. 마그마 와이번만 자기가 상대하면 될 것 같은 분위기였다.

와이번이 다섯마리 남았을 때, 삼지창이 타올랐다. 신수아가 화살을 쏘아대기 전에 삼지창이 먼저 신수아를 향해서 쏟아져 내리기 시작한 것이다.

더 이상 작전이 먹히지 않는다는 것을 깨닫고 다섯 직원은 우주를 찾았다. 삼지창을 던진다고 평소보다 낮게 날고 있던 와이번들을 보고 우주가 중얼거렸다.

"윈드 오브 썬더."

낮게 날고 있던 와이번들이 모두 우주가 시전한 번개에 맞아버렸다. 따끔한 번개에 눈을 뒤집은 채 떨어지는 와이번. 우주는 곧 해체될 와이번들을 뒤로한 채 마그마 와이번이라는 놈을 찾았다.

그리고 마그마가 흐르고 있는 곳에서 마그마 와이번이라는 놈을 찾을 수 있었다.

"내 동족들을 건드린 놈이 네놈이냐?"

어째 보스몹들은 하나같이 말을 할 수 있는지 신기해하면서 우주는 검을 들었다. 마그마에 닿으면 녹아버릴 것 같은 검이었지만 없는 것보다는 나았다.

"내가 건드리기는 했는데 말이야. 그건 네놈들이 먼저 이곳에 나타났기 때문이라는 것을 알아두라고."

마그마 와이번은 전신에 흐르는 용암을 뿜어대면서 씩씩 거렸다. 그리핀, 킹 아이스골렘, 스네이크 킹을 겪어본 우주는 마그마 와이번이 다른 보스몹과 조금 다르다는 사실을 알 수 있었다.

"근데 너, 왜 거기서 그러고 있냐?"

우주는 마그마 와이번이 마그마를 벗어나지 못하고 있는 것 같다는 느낌을 받았다. 마그마 와이번은 우주의 물음에 답하지 않았다.

"허. 이거 불쌍한 녀석일세."

"좋은 말로 할 때 날 화나게 하지 마라. 모든 것을 터뜨려 버릴 수도 있다."

마그마 와이번은 온몸이 뜨거운 용암으로 이루어져 있었다. 협박 같지도 않은 협박을 받은 우주는 마그마 와이번과 대화를 좀 나눠봐야겠다고 생각했다. 그동안 의문이 드는 것이 조금 있었기 때문이다.

"하나만 물어보자. 대체 너희는 왜 나타나는 것이지?"

"내 동족을 죽인 놈한테 그런걸 말해줄 것 같느냐."

우주가 말을 걸고 있는 동안, 어느새 게이트 전체가 마그마로 변한 듯했다. 우주는 점점 더 후끈해지는 열기를 느

끼고, 안주머니에 있는 빙정의 차가운 기운을 통해서 뜨거운 기운을 차단하기 시작했다.

"그렇게 나온다 이거지?"

역시 몬스터와의 대화는 무리였다고 생각하면서 우주가 검을 들었다. 지금 전신을 감싸고 있는 빙정의 기운도 사용이 가능할 것 같다는 생각에 우주는 검에 빙정의 기운을 불어넣었다. 빙정의 기운이 푸른빛 검강을 만들어냈다. 모든 것을 얼려버릴 것만 같은 냉기가 검에서 뿜어져 나오기 시작했다.

"네놈, 대체 정체가 무엇이냐. 어떻게 그런 물건을!!"

마그마 와이번은 빙정의 검강이 냉기를 발산하면 발산할수록 몸을 뒤틀었다. 그렇게 몸을 뒤트는 와이번을 자세히 살펴보니, 쇠사슬이 감겨져 있는 것을 알 수 있었다. 우주는 어째서 쇠사슬을 감고 마그마 안에 갇혀 있는지 이유가 너무 궁금했다. 하지만 일단 제주 지부를 멸망시킨 원인 제공자를 그대로 둘 수 없었다.

"그만 사라져줬으면 한다."

무당의 태극혜검이 이번에는 우주의 손에서 재현되었다. 그리고 빙정의 냉기는 모든 것을 얼려버렸다. 심지어 마그마조차 말이다.

[마그마 와이번, 죄악의 가리반을 처치했습니다. 보상

상자가 주어집니다. 레벨이 상승합니다. 화정을 획득합니다.]

마그마 와이번을 처리하자, 레벨이 올랐다는 메시지와 함께 보상 상자가 주어졌다. 그리고 빙정과 같은 붉은 보석을 우주는 손에 쥘 수 있었다.

"이번엔 불의 정수인가."

우주는 일단 게이트를 나가서 제주 지부를 조금 더 자세히 조사해봐야겠다고 마음먹었다.

* * *

마그마 와이번을 정리한 우주는 밖으로 나와 불에 타서 잿더미가 되어버린 제주 지부를 조사하기 시작했다. 다른 지부들과 달리 왜 제주 지부만 이렇게 폐허가 되었는지 알 수 없었다.

다섯 직원은 자신들이 쓰러뜨린 와이번에게서 나온 아이템을 정리하는 중이었다. 생각보다 많은 아이템이 나왔고, 다섯 직원은 나온 아이템을 모두 우주에게 보여주었다.

우주는 그 아이템을 보고 제주 지부를 무너뜨린 것이 와이번이라는 것에 좀 더 확신을 가지게 되었다. 와이번에게

서 술병이 나왔기 때문이다.

[의문의 술병]
—세계주류 제주 지부에 있던 술이다.

어떤 술인지조차 알 수 없었지만 제주 지부에 있었던 술
이라는 것만으로 와이번들이 그곳을 습격했다는 사실을
확인할 수 있었다.

우주는 그 외에도 단서가 될 수 있을 만한 아이템을 찾아
봤지만 다른 아이템을 찾지는 못했다. 적어도 세계주류 측
에 해명은 할 수 있어야 했기에 우주는 잿더미가 된 제주
지부를 샅샅이 뒤지고 있는 중이었다.

"확실한 건, 사상자는 없다."

불에 타서 죽었다면 유골이라도 있어야 했다. 하지만 제
주 지부에 유골 같은 것은 보이지 않았다. 그나마 다행이
라고 생각하면서 우주가 다섯 직원을 불렀다.

다섯 직원은 우주처럼 와이번의 분화구를 클리어하면서
레벨도 오르고 보상도 받은 상태였다. 얼른 보상을 열어
보고 싶었지만 우주가 심각한 표정을 하고 있어서 티를 낼
수도 없는 상황이었다.

우주라고 그걸 모를 리가 없었다. 우주 역시 마그마 와이
번을 처치하고 얻은 보상 상자를 열어보고 싶었으니까 말

이다. 일단 사상자가 없다는 사실과 와이번이 범인이었다는 사실은 알아내었으니 충분히 할 만큼은 했다고 우주는 생각했다.

"그만 돌아가서 쉬자. 또 내려가야 되네."

우주와 다섯 직원은 등반했던 길을 다시 내려가기 시작했다.

숙소에 도착한 우주는 가장 먼저 빙정에서 미니 아이스 골렘을 꺼냈다. 잠시였지만 빙정 속에 있으면서 빙정의 기운을 조금 흡수했는지 전보다는 사이즈가 조금 커진 느낌이었다.

여전히 귀엽기는 마찬가지였다.

그리고 다음으로 우주는 상태창과 사용할 수 있는 스킬들을 한번 주욱 훑어보기 시작했다.

"상태창 오픈. 스킬창 오픈."

[박우주]

LV : 35　　　　　　　나이 : 30세

직업 : 초이스(알코올 초이스)

칭호 : 최초의 초이스, 기적을 일으킨 자.

체력 : 2000/2000(+1000)

정신력 : 5000/5000(+1000)

힘 : 30(+10)　　　　민첩 : 30(+10)

지능 : 50(+10) 행운 : 50(+20)

활기 : 23(+10) 끈기 : 30(+10)

외모 : 40(+10) 매력 : 40(+10)

스피드 : 30(+10) 체형 : 40(+10)

내공 : 70(+10)(뇌전 속성이 추가됨)

스텟 포인트 : 80

※추가 스텟은 추후 개방 가능합니다.

*사케 ― 사먹고 싶은 달달한 케이크를 아이템창에 넣을 수 있다.

*이슬 톡톡 ― 톡톡 허공에서 두번, 가볍게 뛸 수 있다.

*산토리 ― 산에서 난 도토리를 아이템창에 넣을 수 있다.

*서던 컴포트 ― 평온한 기운, 어떤 상황이라도 주변 30m 이내의 사람들에게 평온한 기분을 선사한다.

*런던 드라이 진 ― 깨끗하게 드라이 된 청바지가 아이템창에 생성된다. (Made in London)

*잭 다니엘(특수) ― LV.20의 잭 다니엘을 소환할 수 있다.

*시바스 리갈 ― 시바의 관심. 관찰용 시바견을 소환 할 수 있다.

*딤플 ― 보조개의 유혹. 그 누구라도 단 한번 유혹할 수

있다.

*글렌피딕 — 사슴의 골짜기. 사슴을 대량으로 소환할 수 있다.

*J&B — J 그리고 B. 어떤 것을 연결해주거나 이어준다.

*블랙 앤 화이트 — 투견, 스카치테리아를 소환한다.

*로얄 살루트 헌드레드 캐스크 — 100개 한정 나무통. 닌자들처럼 몸통과 나무통을 100번 바꿀 수 있다.

*화이트 호스 — 영물, 백마를 소환한다.

*드워스 화이트 라벨(특수) — 드워스 화이트 라벨을 만든 Lv.30의 존드워를 소환한다.

이게 전부였다. 우주는 '그동안 술을 꽤 마시지 않았구나'하고 생각했다. 제임스 헤네시와 술을 마신 이후 거의 술을 입에 대지 않았으니까 스킬이 늘어날 리가 없었다.

"조만간 다시 한번 술을 마시긴 해야겠군."

존드워를 소환해서 한잔하는 것도 나쁘지 않을 것 같았다.

"그런데, 대체 뭘까?"

우주는 마그마 와이번을 떠올렸다. 왜 가둬두었을까?

고통스러운 모습은 아니었지만 나오지 못하는 것 같았다.

요즘 들어 보스몹들과 싸우면서 우주는 지구에 만들어

지는 게이트에 나타난 몬스터들이 대체 어디서 오는 것인지 궁금해졌다.

만약에 몬스터 역시 자기가 살던 곳에서 이쪽 세상으로 넘어오는 거라면, 어쩌면 몬스터의 입장에서는 인간이 적이 될 수도 있을 것 같았다.

결국 해결된 것은 아무것도 없었다. 아직 광주, 대구, 부산이라는 세개의 지역이 더 남아 있었다.

거기도 최대한 빠른 시일 내에 정리해야겠다고 생각하면서 우주는 보상 상자를 꺼내들었다.

"이번엔 뭐가 나오려나?"

[마그마 와이번의 보상 상자]
—마그마를 품고 있는 상자이다. 무엇이 나올지 알 수가 없다.

"개봉."

[마그마 와이번의 보상 상자가 개봉됩니다. 마그마 쇠사슬이 나왔습니다.]

[마그마 쇠사슬] (유니크)
내구도: 1000/1000

─마그마 와이번을 구속해두었던 쇠사슬이다.

─레벨 제한 : 없음

─공격력 : 1000

─타격시 '구속' 확률 상승.

─스킬 '마그마 속으로' 사용 가능 : 적을 1분간 마그마 속으로 끌고 들어갈 수 있다.

"무기?"

보상 상자에서 무기가 나온 것은 처음이었기에 우주는 마그마 쇠사슬을 요리조리 살펴봤다.

대박이었다.

마그마 쇠사슬을 살펴보다가 우주는 문득 이 아이템을 팔면 얼마를 받을 수 있을까 생각해보았다.

"천문학적인 금액이겠는걸?"

돈이야 지금도 많이 벌고 있기에 미련은 없었다. 하지만 이 아이템이 풀린다면 초이스계에서 또 대란이 일어날 수도 있었다.

보석만으로도 이슈가 되고 있는 상황에서 이런 무기까지 유통된다는 것이 알려진다면 정말 난리가 날 것이다.

"정말 게임과 다를 바가 없군."

세상이 게임으로 변했고, 몬스터를 잡으면 보석과 무기가 나오게 되었다.

아마 지금 몬스터의 등장으로 호신용 무기가 불티나게
팔리고 있을 것이다.
우주는 권창우에게 연락을 취했다. 한가롭게 여행이나
즐길 수 있는 시간 따위는 없을 것 같았다.

〈다음 권에 계속〉

어울림 B O O K S
신인 작가 대모집!

어울림 출판사는 무한한 상상력과 뜨거운 열정을 가진 작가 여러분을 기다리고 있습니다.
창작에 대한 열의가 위대한 작품으로 꽃피울 수 있도록 저희 어울림 출판사가 여러분의 힘이 돼 드리겠습니다.

지금 도전하십시오!

모집 분야 : 판타지, 역사, 무협, 로맨스 등
모집 대상 : 아마추어, 인터넷 작가등 열정을 가진 모든 작가
모집 기한 : 수시 모집
작품 접수 방법 : 당사 네이버 카페 또는 이메일을 이용해 주십시오.

파일 형식은 제한이 없으나 원활한 원고 검토를 위해 '.HWP' 형식으로 보내주시고, 파일에 연락처도 함께 기재해주시면 됩니다.

채택된 작품은 정식 계약을 통해 출판물로 간행됩니다.
간행된 출판물은 당사의 유통망을 이용하여 전국 서점으로 배포됩니다.
※ 문의 사항은 네이버 카페(http://cafe.naver.com/oulim0120)를 이용하시기 바랍니다.

경기도 고양시 일산동구 장항동 731 동하넥서스빌딩 307호
어울림 출판사 신인 작가 담당자 앞
전화 031) 919-0122 / **E-mail** 5ullim@daum.net